がんの幸せな受け入れ方

元 あさひクリニック院長
朝日俊彦

発刊によせて

２００9年12月30日、本書の著者、朝日俊彦医師は、がんで亡くなりました。

朝日医師といえば、終末医療の専門医で、がん告知を１００％行う医師として全国的に有名な方です。

早期発見・早期治療が可能になった今でこそ、がん告知は当たり前になりましたが、朝日医師は20数年以上も前から、１００％のがん告知を行ってきました。

そして、「がんはラッキーな病気」「がんなら笑って大往生ができる」という前向きなメッセージを、テレビやラジオ、講演、著書など、あらゆる機会をとらえて、繰り返し訴えてきました。

朝日医師のメッセージは、多くのがん患者やその家族を励まし、勇気づけ、不幸の代名詞であった「がん」のイメージを、少しずつ明るいものに変えていきました。

そんな朝日医師が、自らがんを患《わずら》っていることが分かったのは2008年9月のことです。それから1年あまりの闘病生活を送ることになったわけですが、その間、死の直前まで診療も、講演活動も行い続けました。そして、自らが末期がん患者になることによって、ますます「がんは幸せな病気である」という信念を深め、患者の立場だからこそ分かる説得力を持って、一日も休むことなく、一人でも多くの人へと、その思いを最期まで伝え続けたのです。

まさに最期は、自らがお手本となって、笑って大往生を遂げてみせたのです。

本書は、がんが発覚してから亡くなる直前までの約1年間に、朝日医師が病状の進行や折々の心境などを自ら書きためた手記です。もちろんこれが朝日医師の遺作となります。

あの朝日医師の温かい飛びきりの笑顔がもう見られなくなったのかと思うと、本当に寂しい限りですが、本書に綴《つづ》られた朝日医師の最期のメッセージが、これからも、がんに苦しみ、死を恐れる多くの人々の不安を鎮め、癒《いや》し続けることを願ってやみません。

編集部

はじめに

私は、これまで終末医療の専門医として、患者さんのがんに対する不安や恐怖を少しでも減らしたいと、まだ日本では珍しかったがんの告知をし、その後のサポートに心を砕いてまいりました。そんな私が、はからずも2008年、がんに罹《かか》ってしまいました。余命は最長で1年と診断されて以来、治療を受けながら医療の現場で働いて1年2カ月を経過。そろそろ、あの世への旅立ちが近づいてきたなと実感している今日この頃です。

がんが日本人の死亡原因の第1位になって久しく、不動の位置を占めている中、「がん」と聞いただけで、えもいわれぬ恐怖感を抱いて意気消沈し、生きる意欲までも失ってしまう方が少なくありません。けれども、私の場合は、はたから見ていても、ちょっと様子が違うようです。なにしろ、「死ぬまでにやっておくこと」などという演題で、講演会に精を出したりしているのですから。

そこで、私ががんを発病してから今日に至るまでの経過をたどりながら、がんとの付き合い方、さらに病や死に関しての考え方を通して、幸せをつかむコツなどについてお伝えできればと思い、筆をとりました。

一般的に、がんの治療方法はいくつかありますので、それぞれよい面と悪い面があることを知ったうえで、自分はどの治療にするかを選択することになります。自分の年齢や家族構成も考慮に入れる必要があるかもしれません。主治医から見てベストの治療であっても、あなたにとってはベストではないかもしれません。

それらの可能性を知ったうえで、自分なりに調べたり、家族と話し合ったりしながら、治療法は自分で選択することが望ましいのです。そして、治療の方針を決める際には、「どんな人生観を持っているか」によって、判断はブレなくなります。医師から提示された治療方針について、自分はどれを選択するかを決めやすくなり、納得して治療を受けることができるのではないかと思います。

おそらく私にとって最後の執筆となるであろう本書では、病に罹った時、最も支えになるのが、実はこの人生観なのだということを、私自身の経緯を淡々と述べる中に、思いを込めて書き綴ったつもりです。

人はみな、幸福になることを目指して生きています。病にあっても、それが可能であることを、ささやかな私の体験から、汲《く》み取っていただけたら幸いです。

２００９年12月

朝日俊彦

目次

第1章 ついに、私が、がんに!?

第2章 末期がん患者を実体験

第3章 いつお迎えが来ても

第4章 焦るな、焦るな

第5章 やっぱり、がんはラッキーな病気

第6章 幸せに大往生するには

第1章

ついに、私が、がんに!?

ハワイで気づいた異変

２００８年９月、以前から頼まれていた講演のために、私はハワイを訪れていました。ホノルル空港では赤いハイビスカスが出迎えてくれ、南の島へ来たという実感が湧《わ》いてきます。

私は泌尿器科の医師ですが、在宅での終末医療にも力を入れ、早くからがん告知もしていたことから、いわば「死への旅立ちをサポートする医師」として、私の考え方の背景となっている死生観や、心と体の関係、がん告知の大切さ、発病後の対処法などについて、講演などでお話しする機会が大変多いのです。

講演会は年に１００回を数え、合計すると優に１０００回を超えているでしょうか。ラジオやテレビの出演、本の執筆も、少なくありません。このたびのハワイ行きもその講演活動の一環でした。

初めてのハワイでは、同行してくれた友人の案内でサンセットクルージングに乗り込み、船内でおいしい料理を食べながら、ホノルルのダイナミックな景色を楽しみ、プロのハワイアンダンスの手ほどきを受けながら、曲に合わせて踊るなど、講演前に楽しいひとときを過ごしました。

長年、泌尿器科主任部長として勤めてきた香川県立中央病院を辞し、地域に密着して終末医療に携わりたいと念願のクリニックを開業してから、ちょうど1年目。開院当初は採算がとれず、ひやひやものでしたが、日に日に患者さんが増えて、経営も軌道に乗り、順風満帆な1周年を迎えたところでしたので、ハワイ行きは、何とも感慨深いものがありました。

そしてホテルに帰り、シャワーを浴びて、日記を書き終え、さあ寝ようとベッドに入った時のことです。右の脇腹に痛みを覚えたのです。姿勢を変えても、痛い。呼吸に合わせて痛みが強くなるため、大きな息ができません。

「これは困ったぞ」

お腹をさすったり、痛みを感じるところに指圧したりしましたが、一向に回復しません。この調子では、ハワイに来た目的が果たせません。明日は久しぶりのゴルフも予定していたのですが、キャンセルしてでも体を休めて、講演会に臨めるよう、何とか痛みを和らげなければならないと考えました。痛みの原因ははっきりしませんし、異国ですから多少の不安があります。それでも、携帯していた痛み止めの薬を飲むことで、何とか眠ることができました。

思えば、7月後半の頃より、何となく左横腹に違和感を覚えるようになっていました。特に食欲にも関係なく、毎日の排便も順調でしたので、そのうちに胃カメラでも飲んでみようと思っていたのです。

8月になりますと、軽い夏風邪《なつかぜ》のような咳《せき》が出始めましたが、あまり気にすることもなく、方々《ほうぼう》の講演会に出かけていたのでした。

いよいよ講演の日。幸せな人生を送ることの大切さ、老いや病や死とどのように付き合うことで安心な人生が送れるかといったテーマで1時間ほどお話ししました。おかげさまで、満員の会場は大いに沸き、務めを果たせたと、ホッと安堵《あんど》して、帰国の途についたのでした。

「先生の手、妙に熱いですね」

帰国後、クリニックのスタッフから私の咳が気になると指摘され、胸部のレントゲンを撮りました。内科のM先生が目を凝らしてレントゲンを見ています。大きな問題はなさそうです。スタッフと手を握って、よかったと話していると、スタッフが、「先生の手、妙に熱いですね」と言います。そこで体温を測ってみますと、37・7度です。

「微熱がありますね。念のため、血液の検査をしましょう」

採血してもらうと、炎症反応と貧血が認められます。M先生に、「日頃の無理が祟《たた》っているのですよ。少し早めに家に帰ってお休みください」と言われ、帰って、夕食を済ませてから、熱冷ましの薬を飲んで寝ますと、パジャマがびっしょりと濡《ぬ》れるほど汗をかきました。

翌日はお彼岸で祝日ですが、溜《た》まっている往診を自転車で済ませていきました。少し汗ばむ陽気でしたので、さすがに疲れを覚えました。食欲も落ちています。お腹が減っているはずなのに、料理を見ただけで、たくさん食べることは無理だと直感するのです。実際、箸《はし》をつけても、出された料理の半分を食べるのが精一杯でした。

その翌日、2日前の血液検査の結果がすべて出ました。肝機能を示す数値がかなり異常な値を示していたため、M先生の指示で朝一番に再び採血検査をしました。気分がいくらか楽なので血液検査もよくなっているのではと思っていたところ、予測に反して、さらに悪くなっていました。M先生は驚いて、「肝臓のエコーを撮らせてください」と言います。

「これまで、何か診察時に指摘されたことはありますか？」

「45歳の時に入った人間ドックで、肝内結石があると言われたくらいです」

「確かに結石はありますが、それ以外にも血管腫《けっかんしゅ》のような像が見えます。CT（コンピュータ断層撮影法）検査を早急に受けてください」

とのことでした。

「『頑張ります』は禁句ですよ」

M先生が有無を言わさず、総合病院へCTの予約を入れてくれたので、翌日の昼休みに、看護師さんの運転する車で病院へ行きますと、放射線科のK先生が待っていてくれました。大学時代の後輩で、一緒にバレーボールをした仲間です。

「ではCTの前にもう一度、肝臓のエコー検査をしてみましょう」

そう言われて、ベッドに横になりました。エコーでは腹部全体を診《み》てくださったようです。やはり「肝臓に問題がありそうだ」とのことです。

そして、CT検査。今まで、患者さんには何度も検査をしてきたCTですが、当の私が受けるのは初めてです。壁面にイルカやマンタが泳ぐ姿が描かれている美しい部屋でしたので、心は和みます。

「……ひどいことになっています」

Ｋ先生の表情は硬く、言いにくそうに切り出しました。

ＣＴの画面を見ると、私の肝臓にいくつもの陰影欠損があります。

「がん」の転移であることは明らかです。

私は、心の中で小さく「ラッキー」とつぶやきました。

なぜラッキーかって!?　その理由は後ほどじっくりご説明しますので、楽しみにしていてください。

画面を移動させますと、胃の壁の厚さが異常で、凸凹に大きく変化しています。もう、診断を聞かなくても、それが何を意味するのか分かります。

「大変なことになっています。胃がんの肝臓転移でしょう。腹水は溜まっていませんが、何らかの手を打つ必要があります」

Ｋ先生は直ちに香川県立中央病院のＳ先生に連絡をしてくれまし

た。S先生が私の主治医となるのです。幸い、S先生は私の大学時代の同級生です。いろいろ相談に乗ってくれるので、大助かりです。K先生にお礼を言いながら、「頑張ります」と握手をしますと、「この病気では『頑張ります』は禁句ですよ」と言います。

きちんと診断をしてくださったK先生に改めて感謝しながら、資料をいただいて帰りました。

医師ばかりの家族だと、話題はストレート

自宅では、妻が今か今かと私の帰りを待っていました。結果を伝えますと、冷静に受け止めながらも、将来のことを気にしています。「どれくらいの寿命が期待できるの?」と尋ねられましたが、はっきりしたことは分かりません。

それでも、「あの画像からは、よくて1年、悪ければ3カ月ということもありうるだろう」と話しました。

夕食までの短い時間、ベッドで横になっていました。小学生の孫が、ピアノで「千の風になって」の練習をしています。文化祭の合唱で歌う歌の伴奏を頼まれたのだそうです。「千の風かぁ……」。思わず、歌詞を口ずさみながら聞き入ってしまいました。

夕食後、家族が集まり、私の病状についてあれこれと話し合いました。いちばんの話題は、院長である私の寿命が短くなったことで、せっかく軌道に乗ってきたあさひクリニックの経営をどうするかということです。そして、やがて訪れる私の葬式の喪主《もしゅ》を誰にするか、葬式の段取りはどうするかまでも話し合いました。

普通でしたら暗い雰囲気になるはずですが、皆の表情は比較的明るく、妻がポロッと、「あの広い寝室で一人で寝ることになるのは、寂しいような気がする」ともらしますと、お腹に子供がいる同居中の長女が、「お母さん、来春には新しい孫ができるので、孫と一緒に寝てくれると助かるわ」と返しています。

こうしたやりとりに、読者の皆さんはびっくりするかもしれません。それもそのはず、わが家は妻も娘2人も医師（妻は元内科医、長女は産婦人科医、次女は精神科医）、また長女の婿《むこ》も医師（泌尿器科医）で、3番目の娘は看護師なのです。そのためか私の病状に対して誰も取り乱すことなく、あまりにも平然と受け止めているので、世間の常識からいったら、変わった家族に見えるかもしれません。

家族が暗くなると心がふさぐものですが、死に対してオープンな話し合いができると、気持ちも楽になります。

このようにして、家族であれこれ考えたり、対策を立てたりすることができるのは、ある面ではがんのよいところでしょう。これが、もしがんでなく脳卒中になっていたら、打つ手に窮します。半身不随になったり、うまく話せなくなったりすると、不自由な余生を送りかねません。けれどもがんでしたら、余命が最長で1年だとしても、それまでに何をやっておかなければならないか、真剣に考えるようになります。

残された時間を有意義に使うこと。それはまさに、私が患者さんに伝え続けてきたことでした。

私が、患者さんにがん告知を始めたのは、昭和58年（1983年）。後で詳しくご説明しますが、当時の日本ではがんの告知は、ほとんどなされていませんでした。しかしアメリカでは、がんであることを正しく伝えることが患者にとってよいことであるとして、すでに告知は一般的になっていたため、私もそれなりに勉強し、手探りの状態ではありましたが、告知を始めていたのです。

私はいつも、次のような説明をしていました。

「あなたは、この年齢で大きな病気になる運命だったのかもしれません。すると、あなたが選ぶことのできる病気は『がん』か『心臓病』か『脳卒中』でしょう。いずれがよいかを冷静に考えてみませんか。心臓病ですと、手当が遅ければ、もう亡くなっていたかもしれません。ところが、あなたはがんになりました。考えようによっては、幸運な病気を引き当てたということになるでしょう。治れば、元気に、したいことができますし、悪くなるにしても、すぐには逝きませんから、残された時間を有効に使うことができます」

まさに私自身もがん告知をされた後、自分自身が伝えていた通りに残された時間を有効に使おうと考えるようになったわけです。

「お父さん、マタニティーの喪服は持っていないわ」

病状を察している長女は、「お父さんが最もしたいことを優先したら？」とアドバイスをしてくれます。ありがたい限りです。

残された時間でやりたいことはたくさんありますが、欲を出してもいけません。今の私にとって最重要課題は、開業して1年と少ししか経《た》っていないクリニックの経営が安定するまで仕事を継続することです。いずれ、クリニックは娘夫婦に譲るつもりでおりましたが、立ち上げ期の今は、少しでも彼らへの負担を減らしておきたかったからです。

クリニックの仕事の次に、残った時間を何に使うか。そのあたりは、体力との関係もあるので、S先生から治療方針を聞くまでは、結論を先送りにすることにしました。

翌日には、事務長や家族、それからクリニックを立ち上げるのに尽力してくださったスタッフの皆さんにも病状を説明し、これからクリニックをどのようにするか、話し合いました。

「私としては、可能な限り入院をしないで、仕事を続けることを希望している旨を主治医のS先生にお伝えするつもりです」と言いました。長女もそれに賛成で、事務長もそれがベターであると言ってくれました。意見がまとまったので、2日後の診察で、S先生の話を聞きながら、こちらの希望も組み入れてもらうようにお願いしてみようということになりました。

すぐに、何人かの方が私の病状を知ることになりました。妹や親友は絶句して、言葉が出てこないようでした。家族の間では「お父さんのがんは末期がんで予後（医学用語で「見通し」。手術や病気の回復時期や、その見込みのこと）は悪く、余命は長くて1年……」などと、ダイレクトに私の余命のことまで話題になります。

家族は、私の見通しについて厳しい予想をしているようです。だいたい医師というものは、甘く考えていると予想に反した結果になった時のショックが大きいため、悲観的な話をするクセがついているのです。

ところが、病気が分かってからも、私の心境は不思議なほど穏やかです。

自分の死に対しては「恐れる」というのではなく、「多少、この世での寿命期間が短くなったかな」という程度の受け止め方です。実際に、悔やんだり残念だと思ったりしてもキリがないでしょう。私は意外と淡々としています。

そんな私に、仕事中、長女がそっとささやいてきます。

「お父さん、私はマタニティーの喪服《もふく》は持っていないのよ」

彼女は、2009年4月に出産を控えているのです。

「せめて孫の顔は見てくださいね」と言います。

「分かった、分かった」——。

半年後という月日が、少々遠く感じられました。

通院治療で、仕事を続ける

主治医のS先生の診察日がやってきました。

「肝臓が広範囲に梗塞《こうそく》をおこしています。何かが血管に詰まったのでしょう」

そのように言いながら、S先生は先日撮ったCTの画面を移動させます。なるほど、血液が行き渡っていません。広い範囲で肝臓が梗塞しているのが分かります。娘たちと、「肝臓でなく、脳に梗塞が来ていたら悲劇だったな。まだ不幸中の幸いかもしれない」などと話し合いました。

S先生は、「朝日さんのクリニックのことも心配でしょうし、病気がかなり進んでいるので、できるだけ通院で治療をしましょう」と言ってくれます。私は、クリニックの将来が気になっていましたので、S先生の言葉に、いくらか胸のつかえが取れたように感じました。しかし逆に言えば、すでに手術ができない状況にまで病気が進んでいることを意味しています。

クリニックに戻り、午後の診療を開始しました。いつものように患者さんに接していると、皆さん、「先生は元気そうで何よりです」と言われます。「ありがとうございます」とニッコリ応えて、皆さんの話に耳を傾けます。ちょっぴり複雑な気持ちになります。

夜もふけてくると、大家族が台所に集まります。長女は夫と子供3人と一緒に私たち夫婦と同居しています。当時、次女は夫婦で隣の離れに住んでいました。独身で看護師の三女も私たちと同居していま す。息子は大学生ですが、これも隣の離れに住んでいます。

何のことはない、全員が同じ敷地に住んでいるのです。珍しいといえば珍しいかもしれません。10時を過ぎると、娘婿《むすめむこ》がコーヒー豆を挽《ひ》いて、皆でケーキなどを食べています。いつもなら私も加わるのですが、さすがに食べることができません。皆は、「お父さんには目に毒ですね」と言いながら、おいしそうに食べています。明日、撮る予定になっている胃カメラの結果を早く知りたいと、娘たちは話していいます。平然として見えますが、これもまた私への気づかいだと分かるだけに、胸が熱くなってきます。

体重は減る一方

翌日の胃カメラは2カ所ほど怪しいところを生検《せいけん》（小さく組織をつまみ出す）し、出血したところの止血をして、終わりました。検査の間、看護師さんがそっと肩をたたいてくれるのが、とても心強く感じられました。

担当の医師から、カメラで撮影した画面の説明がありました。

「これは、組織が壊死《えし》したものと思われます」

胃の中にヘドロのかたまりのようなものが見えます。かなりの大きさです。普通、がん細胞が急速に成長する時、周囲から血管を増殖させて、必要な栄養をどんどん取り入れます。ところが、血管の増殖が間に合わないと、がん細胞といえども死んでしまうのです。そのヘドロのような周囲に凸凹した不整な粘膜があり、隆起しています。これが明らかながんであることは、私にも分かります。2カ所生検したのはその部分だったのです。

家に戻り、「病理の結果はまだだが、胃がんに間違いなさそうだ。S先生が『胃がんだと予後は悪い』と言っていた」と家族に伝えながら、クリニックをできるだけ休まずに効率的に抗がん治療を受ける方法などについて話し合いました。

この頃になると、すっかり食欲が落ちて、毎日、風呂《ふろ》に入る時に計る体重も減る一方でした。以前、ダイエットを試みていた頃は、体重が微動だにしないことに気をもんでいましたが、今は体重計に乗るたびに確実に落ちています。こうなってみると、そこまで減らなくてもいいのにと、それほど嬉《うれ》しく感じられません。

夜も寝汗をかきますので、なかなか熟睡ができなくなりました。

余命1年か？

エコー、CT、胃カメラの検査結果を受け、主治医のS先生が、これからの治療方針を最終的に決定する日が来ました。わがままなようですが、改めて「少しでもクリニックの仕事を続けられるように配慮してほしい」とお願いすることで、家族の意見も一致しています。忙しい中を、娘夫婦が付き添ってくれています。

「私たちがきちんと先生にお願いしますから」

そのように言います。私は昔から、反論したり、我《が》を通したりするのが苦手でした。ですから、「治療はこうしましょう」と言われると、素直に「分かりました」と言いかねません。それを娘たちは心配したのです。長女は遠慮なく主治医に質問をしたり、無理を言ったりしてくれるのです。

先日の胃カメラで採取した細胞検査の結果は、やはり胃がんという診断でした。全体としての診断は、「胃がんが肝臓に転移している」ということになります。

すると、S先生が事前に言っていたように、予後は悪く、抗がん剤を使っても、長くて余命1年程度です。この世にいる1年の間に、片づけるべきことをきちんと片づけなければなりません。お尻《しり》に火がついてきました。

S先生の治療方針は、やはり、できるだけ通院しながら治療を受けるということでしたので安堵しました。具体的には、内服の抗がん剤を3週間飲んで、その後の2週間は休みます。途中で、別の抗がん剤を点滴注射します。その時は副作用などを考えて、入院してほしいとのことです。

免疫療法なども考えてみましたが、地元・高松でクリニックの経営をしながらとなりますと、限界があります。私には、この方法が無理のないように思えました。

タイミングよく、点滴注射をする日が土曜日でしたので、金曜日に入院して、土曜日に点滴を受け、日曜日に帰るというスケジュールにしてもらいました。

帰宅し、妻に治療方法を説明した後、早速、内服の抗がん剤を飲むことにしました。この薬が効いてくれて、病気をよい方向に向けてくれるのかと思うと、思わず感謝の気持ちで薬を飲みました。妻は、「いかがですか？」と尋ねます。すぐに副作用が出ることもないので、「何ともないよ」と答えました。

「これまで、ぬくぬくと成長してきた胃がんにとっては、急に体の中に抗がん剤が入ってきて、さぞ驚いているだろうね」

「活火山だった病気が、休火山になってくれたらありがたいね」と、妻も言います。抗がん剤を飲み始めたという悲壮感でなく、楽しみが広がっているという感じです。

私が終末医療に関心を持った、きっかけ

私は泌尿器科が専門ですが、昭和47年（1972年）に医学部を卒業して以来、研修医時代から終末医療に関心を持ち続けていました。初めて終末期の患者さんを看取《みと》った時のことは、今でも忘れることができません。

そのがん患者さんはずいぶん容態が悪くなっていて、すでにご本人も家族も、死を覚悟していました。主治医は点滴をしたり酸素吸入をするなどして、延命措置に躍起になっています。もう手の打ちようがないほど悪化しているので、私は処置の様子に疑問を持ち、「このままではあかんのですか？」と主治医に聞いたら、ひどく怒られました。「おまえ、なんちゅうことを言うんや！　死力を尽くして助けないかんやろ！」と。それでも明らかに助から

ない状況なので、処置そのものが患者さんを苦しめていることに、「ここまでせなあかんのやろうか?」と、納得がいきませんでした。

その後も、先輩たちからは、医師はあらゆる手段を使って患者さんの命を救わなければならないと徹底的に教え込まれました。今でこそいろいろ議論されるようになりましたが、当時は、延命治療が当たり前だったのです。患者さんの意向なり希望なりを聞き入れることはなく、医療者側がよかれと思うことを施すのが常識とされ、延命こそ最善の手立てであると考えられていたわけです。患者さんが亡くなると、「申しわけありませんでした。われわれの力不足でした」と、残された家族の皆さんにお詫《わ》びしていました。

そんな中、私は「明らかに助からない人であれば、何も処置をせず、痛みだけ抑えて、後はできるだけ穏やかに逝ってもらったほうが、その人のためではないか」と、理想の死のあり方を求めるようになったのです。

ホスピスでの出会い

後年、ヨーロッパやアメリカを視察した際に、死を寿命として自然に受け入れる下地があることを知り、大いに触発されました。さらにアメリカやカナダ、オーストラリアやヨーロッパのホスピスを視察して驚いたのは、ホスピスに入っている人たちが皆さん穏やかにニコニコとリラックスして過ごしていたことです。

特にアメリカのホスピスで出会った女性の患者さんの笑顔は、とても印象的でした。その方は肺がんで、余命1週間ほどとのことでした。私たちが日本から来た医療団であることをお伝えすると、すてきな笑顔で「アイムハッピー」と言ったのです。私は驚きました。患者さんが、幸せを感じながら、笑顔で息を引き取ろうとしている——。その姿は美しく、神々しくさえ見え、「これこそ目指すべき、終末医療の姿である」と思いました。私がかかわっている患者さんたちにも、ぜひこんな心境と笑顔であの世に旅立っていただきたいと切に思ったものです。また、そうできるような看取りをさせていただかなければならないとも思いました。

このホスピスで感心したことは、スタッフの皆さんの明るさです。亡くなりゆく方たちのお世話をしているのですから、もっと暗い雰囲気になってもよさそうに思ったのですが、彼女たちはとにかく明るいのです。「最も大切にしていることは何ですか？」と聞きますと、一言で「愛です」と返ってきました。やはり根底にキリスト教の教えが根づいているからでしょうか。愛がすべてのものを包み込んでしまうようです。

実際、神父さんや牧師さんが患者さんのベッドの横に来て、聖書を読んでさしあげるなど、患者さんの心を深く癒《いや》していると見受けました。そうした心のケアに関しては、日本のホスピスでは専門家も少なく、まだまだ不十分だと痛感したのです。

アメリカのホスピスを見学して、私の目標は明確になりました。それは、患者さんの死への恐怖をいかに和らげるかということです。以後、告知や看取りなどを通して、あの世への旅立ちをサポートする医師として、自分には何ができるのかを研究し続ける日々が始まった次第です。

第2章

末期がん患者を実体験

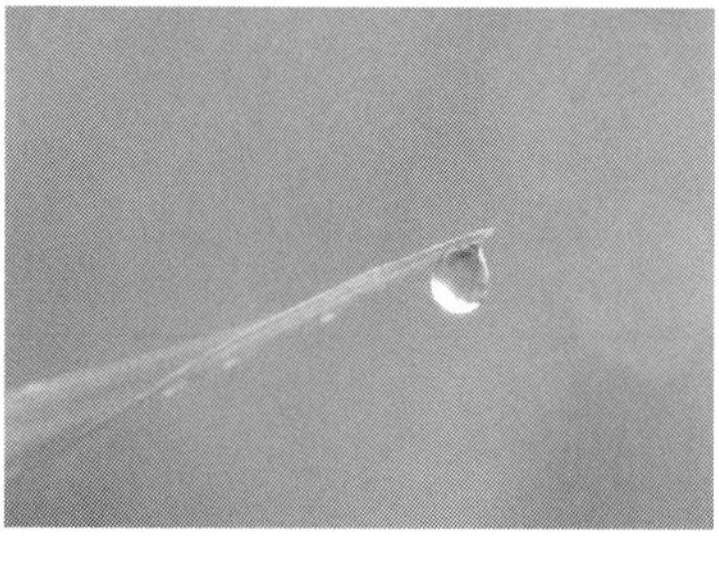

がんはラッキーな病気

正直、「まさか、私ががんに⁉」という驚《おどろ》きはありましたが、なぜ、そんな私がCTスキャンの画像を見た際に、「ラッキー」と言ったのでしょう。

私は以前から、逆境や苦境に陥っても落ち込まないように、発想を転換させる習慣をつけてきました。些細《ささい》なトラブルに遭《あ》っても、明るくとらえて、「ラッキー」と思うことで、軽く乗り越えていくことができるからです。ですから、がんだと分かった時も、まずは明るく、ラッキーととらえたのです。

胃がんと肝臓への転移のため、それほど長い寿命は期待できないという厳しい現実。それでも、手術を受けなくて済んだということに安堵感《あんどかん》を覚えました。

進行した胃がんであっても、手術は可能な場合も多いのです。しかし、手術を受けてから苦しんでいる方や、食事ができなくなった方、吐《は》き気《け》に悩まされている方など、これまでたくさんの患者さんとお付き合いしてきましたので、手術を受けずに抗がん剤だけで治療をすることは、私にとってむしろラッキーだと思いました。同じ手遅れであっても、手術で苦しい思いをするよりも、元気な間にやっておきたいことを済ませて、心の準備期間を設けることができるのですから。

実際に、がんはラッキーな病気でもあるのです。

カルテには「腫瘍塞栓《しゅようそくせん》」と書かれていました。これはがんのかたまりが血管に詰まって、肝臓がやられ、かなりダメージを受けているということです。病名として表現すれば、「肝梗塞《かんこうそく》」です。しかも腫瘍塞栓が肝臓内のけっこう太い静脈に詰まっているというのです。それぐらいがんの勢いがあり、厳しい状況にあったわけです。

ハワイに滞在した夜に、右脇腹が痛くて眠れず、「なぜこんなに痛いんだろうか？」と思いましたが、この時に肝梗塞が起きたのでしょう。

しかしもし、がんではなくて、心臓や脳の虚血性疾患（血管が詰まったり細くなったりしたために十分な血液が供給されず、臓器にダメージを与える病気。心筋梗塞や狭心症、脳卒中などもある）になっていたら、即座に仕事はできなくなります。ハワイにいた時点で私は死んでいたかもしれません。あるいは、半身不随や言語障害などになったとしても、いずれにせよ仕事はできなくなります。しかし、がんの転移による肝梗塞であるなら、すでに進行していても、すぐ死ぬことはありません。「3カ月くらいは命がもつだろう」と予測が立てられます。

そうすると、その3カ月の間に身辺整理や後継者問題など、いろいろ手配や段取りが組めるわけで、これはラッキーです。その時間を有効に使うことで、多くの方に迷惑をかけることなく、自分も心穏やかに旅立つことができる可能性が高いということです。

がんになってしまったこと自体はしかたがないことです。それを受け入れないで、文句を言おうにも、どこにも言う先はありません。でも考え方や発想を変えて、がんだったために不幸中の幸いだったととらえることが、私にはラッキーと思えたのです。

死への恐怖をクリアするには

こうしてみると、読者の皆さんは、私が「死」を恐れていないことを不思議に思われるかもしれません。

実際、私の中では、死を怖いと思うことはなくなっているのです。もっとも、死にたいというわけではありません。やりたいこともいっぱいありますし、十分に世間のお役に立つことができずに死ぬことは残念でなりません。

普通、死を間近にすると、まず死の恐怖にどう向き合うかがクローズアップされます。がんによる死を恐れる方の中には、死ぬまでの肉体的な苦しみや痛みを恐れている方もいるでしょう。

しかし、それは現代医療では解決困難な問題ではありません。たとえば、がんの痛みは、事前に主治医とよく相談して、モルヒネなどを飲めば緩和できますので、痛みに対する恐怖はほとんどなくなります。

死への恐怖をクリアするには、何といっても、あの世があることを信じているかどうかにかかってくると思います。

先ほど触れましたように、私が末期がんになっても穏やかでいることができるのは、次のような死生観を信じているからなのです。

人間は、肉体のみの存在ではありません。肉体は乗り物にすぎず、その本質は、「魂」にあります。生き通し、つまり永遠の存在です。

元来、自分という個性を保ったまま、あの世で暮らしているのですが、あの世からこの世へと永遠の転生輪廻《てんしょうりんね》（生まれ変わり）を繰り返して、魂を向上させるために磨いているのです。

ですから、死ぬということは、あの世に移行するにすぎません。魂には、死後、あの世での生活が待っていて、生前の心境に即した世界に還《かえ》っていきます。すでに旅立っている家族や親族と再会する楽しみがあったり、霊界での新たな生活が始まることを思えば、死をそれほど怖いものとしてとらえることがなくなると思います。

死と向き合うには、こうした、あの世の真実を前提にした、「霊的人生観」が不可欠なのです。反面、現代の医学界を支えているのは、唯物的な価値観です。人間はこの世限りの生きもので、魂の存在など目に見えないものはありえず、死んだら火葬場で焼かれて骨と灰になるだけ……。そうした世界観の中では、死は敗北にしかなりません。

医療者自身も死を忌《い》み嫌い、避けている限り、死の間際に苦しんでいる患者さんを真に救うことはできないのです。

人の優しさが染み入ってくる

ある日の夕方、娘婿《むすめむこ》の勤務先である、岡山大学泌尿器科の医局長から電話がありました。病気が病気ですから、事前に知らせておこうと、病状を詳しくメールしておいたのです。私がいよいよとなれば、娘婿に大学を辞めてクリニックに来てもらう必要が出てきます。大学側にとっても突然の辞職となり、迷惑をかける可能性があります。にもかかわらず、医局長はとても好意的に、「困ることがあれば遠慮なく言ってください」と、温かい励ましの言葉をくださいました。

多くの人たちの支えがあって、今日の私がある――と、感謝の気持ちで胸があふれんばかりでした。

健康で元気な頃は何でも自分でできるものですから、「まずは自分が頑張ろう」と考えがちでした。しかし、大病をしますと、多くの方の支えがあって生かされているという実感も強まります。他人様《ひと》の好意がありがたく、とても嬉《うれ》しく、素直な気持ちで支えを受け入れることができるようになったのです。

クリニックには、たくさんの患者さんが来てくださいます。スタッフもよく働いてくれています。私の病状が気になるのでしょう、「無理なさらないように」と声をかけてくれます。

私も、短期決戦というわけではありませんので、自分の体をいたわりながら仕事を続けます。抗がん剤の内服を始めてから、食事の量は半減しています。体重もどんどん減っていますが、それほど疲れは感じません。胃のあたりの重いような感じもそれほどなく、ただ、食事が摂《と》れないだけです。

岡山大学の泌尿器科教授からも直接電話をいただきました。私の病気を気づかってくださっています。

「できるだけの援助をさせていただきます」という言葉を聞き、ありがたさから思わず涙が出てきました。公立病院を辞し、クリニック開業という、ある意味では一匹狼《いっぴきおおかみ》になった私に、こんなにも温かい言葉をかけてくださることに、感謝だけでは申しわけない、恩返しをしたいとますます強く思いました。病気が一段落したなら、少しでも皆さんのお役に立つような人生を送りたいと感じ入りました。

箸を持つのも、いや

自宅で、たくさんの家族に囲まれての食事は、にぎやかさを通り越しています。孫たちの食欲には感心するばかりで、その食べっぷりを楽しく見物していました。

ただ、私の箸《はし》は一向に進みません。抗がん剤を服用し始めてからは、箸を持つのもいやなのです。妻は、「何か食べたいものはないの？」と尋ねてきますが、思い当たりません。みそ汁やおかずを少し食べて、後は果物でおしまいですから、体力も落ちるはずです。

不安は全くないと言えば、ウソになるかもしれませんが、家族との団らんのひとときには楽しく会話が弾みますし、気持ちが落ち着いているということに、喜びを感じます。

そんな中、10月10日に2泊3日の入院をし、本格的な抗がん剤治療が始まりました。入院先の香川県立中央病院は、私が長年勤務した病院。まさか自分自身が入院するとは思ってもみませんでした。担当の看護師さんがていねいに説明してくれます。

夕食時には長女が、「お父さん一人で食事をするのは寂しいでしょうから、私も付き合います」と、おむすび弁当を広げます。

わが家では、妻が孫たちの食事の世話をしているはずです。孫たちはまだ幼いため、誰か大人が食事を手伝わなければなりません。そのような中で、あえて病室で私と一緒に食事をしてくれる娘——。言葉では言い尽くせないほどの感謝とファイトが湧《わ》いてきました。

食事をしながら、クリニックのこと、私の病気のこと、お腹の赤ちゃんのことなど、あれこれが話題になります。娘は、「S先生は、お父さんがかなり厳しい状況なので、好きにさせてくれているようよ」と言っていました。

食事が終わった頃に、診療を終えたS先生から抗がん剤の説明を受けながら、ひょっとして急速に病状が進むことも考えられること、そうした場合、残された時間はかなり限られてくることなどについての説明も受けました。心の準備はできているつもりですが、もしもの事態になった場合、クリニックの経営をどうするかが、やはり気になります。

もう時計は面会時間終了の8時を示しているので、娘に帰ってもらいました。持ってきた本をゆっくりと読みながら、夜もふけてきましたので、そろそろ寝ようとしますが、なかなか寝つけません。ベッドが少し硬めなのと、枕の感じに違和感を覚えます。ホテルで泊まったことは数えきれないほどありますが、なぜか寝つけませんでした。

抗がん剤で、しゃっくりに悩まされる

翌日、いよいよ抗がん剤治療の開始です。効果は期待できるのですが、副作用も多彩で、どのような変化が起きるのか、不安でもあり、

楽しみでもあります。

抗がん剤の入った点滴を、1時間半かけて注入します。その間、自分の体に耳を傾けます。抗がん剤が病変に対して、しっかり働いてくれているように感じます。何となく体がしゃんとしてくるようです。抗がん剤の点滴が終わると、今度は利尿剤の点滴が続きます。ちょうど昼食になりましたので、どうかなと思いながら食事をしますと、何のことはなく、全部食べてしまいました。

ところが、それからが大変です。利尿剤が効いてきて、頻繁にトイレに行くことになりました。結局、24時間で3600ミリリットルほども排尿していました。

お昼過ぎに、妻から「今から病院へ行きますが、何かほしいものはありますか？」と電話がありました。少し熱があり、汗をよくかいていましたので、アイスクリームを持ってきてほしいと頼みました。

やがて、息子と一緒に妻が病室に来ました。持ってきてくれたアイスクリームをいただきながら、そう調子が悪くないことを伝えますと、妻は安心して、着替えを置いて帰りました。私は点滴につながれていますので、ベッドの上で横になって、音楽を聴いたりしていましたが、昨夜の寝不足もあって、すぐに眠ってしまいます。ところが昼間に寝てしまうと、夜がまた眠れなくなり、悪循環です。

夜がふけてきますと、案の定なかなか眠れません。定期的に体温を計るように指示されていますので、熱を計ってメモします。抗がん剤を打ち終わってから、それまで続いていた微熱が平熱になっていました。

朝は、6時前から起きて、ベッドの上で静座して、これまでの人生を思い返したりしながら、のんびりと過ごしました。一人で、誰にも邪魔をされずに時間を自由に使えるというのは考えてみれば贅沢《ぜいたく》なことです。朝食を軽めに済ませますと、しゃっくりが出てきます。抗がん剤を投与した患者さんが、しゃっくりに悩まされることは何度も聞かされていましたが、私も同じような経験をしているのだと思いました。

入院中、睡眠不足ぎみでしたので、退院後は家に帰って自分のベッドで横になりますと、すぐに気持ちよく眠ることができました。

夕食も軽く済ませましたが、食後にはまたしゃっくりです。再び横になって深呼吸を繰り返しますと、止まりました。止まると安心して寝てしまいます。今日も昼間から寝ていますので、夜が気がかりです。案の定、なかなか寝付けず、それでも2時間ほどは眠ったようでした。

翌日は、睡眠不足と抗がん剤の副作用でしょうか、体全体が何となくしんどく、食欲も進みません。妻が、あれこれ食べられそうなものを作ってくれるのですが、箸をつけても、口まで持っていくことができません。多少の空腹感はあるのですが、食べた後で、お腹がもたれるように感じるのがつらいのです。明日から仕事ですが、このままでは無理かもしれない――。結局、だらだらと一日を過ごし、食事はほとんど摂《と》れませんでした。

一方、習慣というのは大したもので、今回の病気が見つかってからも、毎日、日記を書いています。ときに、書いたものを読み返すことで、反省したり、人生の軌道修正をすることができます。風呂から出ると、ゆっくりと静座し、瞑想《めいそう》する時間を持つようにしていました。

夜になると、妻や娘夫婦を交えて、病気のこと、クリニックのこれからのことなどを話し合います。やはり暗い雰囲気でなく、建設的な意見が多く出てきます。

私も、通常であれば、将来のことなどについて思いを巡らせますが、この病気を抱え込みますと、1カ月以上先のことを考える余裕はなくなってきます。来年のことを考えるなど論外です。

皆の意見が分からないわけではありませんが、興味や関心が湧いてこないと言ったほうが的を射ていると思います。世間の出来事に対しても同じように関心が薄れてきます。テレビも見たくなくなり、スイッチをつけることもなくなります。

私がこれまでお付き合いしてきた末期がんの患者さんが、皆さん無表情だったことが思い出されました。自分自身も病を体験していて、その理由が何となく理解できるようでした。

後日談ですが、この頃の私の表情や声には生気がなく、クリニックに来られる患者さんもスタッフもずいぶん心配してくれたそうです。

「告知100%」を支えた、霊的人生観との出会い

終末医療に関心を持った私にとって、患者さんへのがんの告知は、死を忌《い》み嫌う日本社会、ひいては「死ねば何もかも終わり」と、唯物的な世界観が当たり前とされている医学界にあって、一つの関門であったように思います。

私がよりスムーズに告知できるようになったのは、約20年前に、「あの世はある」と知ったからです。当時は、がんの告知をする医師は少なく、ましてや、あの世の話をする医師はほとんどいませんでしたので、他の医師から、かなり奇異な目で見られていたことでしょう。

そもそも私が医師になった1970年代当時、がんは死に病であり、その事実を本人に告げるということは、死を宣告するのと同じ

だとされていました。ですから、患者さんの心情をおもんぱかり、あえて病名を隠すのが人情だと信じられていたのです。

ある高僧ががんの告知に耐えられなかったという逸話が、医療者の間でよく話題になっていたことも、一因のようでした。主治医は、これほどの高僧なので、がんであると告げても大丈夫だろうと判断したのですが、告知された高僧は、ひどく落ち込み、食欲もなくなり、死期を早めたというのです。そこで私たち若い医師は、決して患者さんに、がんだと知らせてはいけないと教えられていました。

私が医師になってから10年後には、アメリカの論文で、がんであることを正しく伝えること、隠すこと、それぞれの利点と欠点を比較し、正しく伝えることの重要性が多く指摘されるようになりました。そこで私も、おそるおそるですが、がん告知を始めました。患者さんの顔色をうかがったり、心の状況を察しながら、こんなことを言っても大丈夫だろうかと心配し、試行錯誤の繰り返しでした。

というのも、かく言う私も医師でありながら、死への恐怖を拭《ぬぐ》いきれなかったからです。告知したものの、患者さんの病状がかなり悪くなってくると、話の中にウソを混ぜるようになってくるのです。なにしろ自分が死を恐れているものですから、死についての話題を避けるようになるわけです。

ある臨終間近の患者さんと話し合いをした時など、大変つらいものがありました。その方は死を受け入れようとしていて、死の準備について私に相談をしたかったのでしょう。どのように覚悟を決めたらいいのか、死ねばどうなるかといった質問が出てきたのですが、それに対して私は、あいづちを打ったり、じっくりと聴く気持ちになれず、適当に話の方向を変えて、そそくさとその場を立ち去るありさまでした。

それは、私自身にとってもとても苦しいことでした。そこで、「これでは、ちょっとまずいな。患者さんに安心していただくために、どうすればいいだろう」と、死後どうなるかが書かれた本をずいぶん探して読みました。

実際、何人もの患者さんの臨終にお付き合いしているので、死とは何かを理解できていると錯覚している医師はたくさんいます。確かに医学的には、「心停止」「呼吸停止」「瞳孔《どうこう》散大」をもって死と定義しています。しかし、それは肉体的な死であって、精神的、文化的、宗教的、社会的な死が理解できているわけではないのです。

死ぬとは、どういうことなのか――。この疑問を解き明かしたいと願い、文学作品や宗教書、精神論を述べた本なども読みあさりました。しかし、その疑問に答えてくれる本を見つけ出すことは困難でした。また、地元で青年僧侶《そうりょ》と医療関係者との集いがあり、そこで生と死に関して熱い討論がなされると聞いて、出席したこともありますが、納得できる内容ではありませんでした。

一方、患者さんの疑問や悩みに答えることに、ますます難渋するようになりました。患者さんの質問は、人生そのものにまで及びます。「なぜ私がこの病気にならなければならなかったのでしょうか?」「人生って、いったい何でしょうか?」「私はどこから来て、どこへ行くのでしょうか?」「この痛みに意味はあるのでしょうか?」「悪いことをしているとは思えないのに、なぜこんなに早く死ななければならないのですか?」――。

「死」の問題を解決しなければ、患者さんにとっても私にとっても、明るい未来を手にすることは難しいと心底思いました。

やっと出会えた！

やがて、死後の世界を紹介しているスウェーデンボルグの本に出会いました。「あの世はあるらしい」と思えてきました。ただ、読み進めるうち、どうしても分かりかねる内容が出てくるので、スウェーデンボルグ研究の第一人者の方と文通をしたこともあります。牧師さんであるその方から「医師が霊界に関心を持って、患者さんを救うのは非常に崇高なことだから、ぜひ勉強を続けてほしい」と励ましの言葉をいただきました。ほかに仏教の本も読みましたが、内容がよく分かりませんでした。たぶん書いている方自身、霊的世界のことが分からないからでしょう。仏教以外にも霊的な内容の本を読み出しましたが、解決の糸口は見つけ出せませんでした。

そんな時、決定的な出会いとなったのが、幸福の科学グループ創始者兼総裁・大川隆法先生の書籍だったのです。1985年、私が39歳の時でした。「探し求めていたのはこれだ！　霊界のことが明快に説かれている」と確信したのです。

この世とあの世の仕組みや心の法則、「生《しょう》・老《ろう》・病《びょう》・死《し》」をはじめ人生の苦しみを具体的に克服し、力強く道を切り拓《ひら》いていく悟りや愛の力について。篤《あつ》い信仰を携えて心の修行に励み、社会に貢献せんと努力する人々がつくり上げる、ユートピア社会の素晴らしさ。この世とあの世を貫く幸福を目指すことの尊さ――。

中でも、人間は霊であり、生まれ変わる存在であるということ、つまり輪廻《りんね》しているという真実を納得できれば、もう死を恐れることはなく、忌み嫌うこともなくなると確信できた時の驚きと喜び！スウェーデンボルグの本では分からなかったところがすべて解決され、「これはすごい！」と震えるような思いで感動したことを覚えています。

以来、私の医学に対する考え方は変わっていきました。まず、私自身の死に対する恐怖が消えました。そして、こうした「霊的人生観」を知ってからというもの、残された時間を苦しみに埋没せず有意義に使えるため、「死ぬならがんがお勧めですよ」と、お伝えできるようになったのです。臨終を前にした患者さんにどんな心境で極楽に行っていただくかを真っ先に考えるようにもなりました。亡くなるまでの3カ月、あるいは半年の期間に、人生の見直しをし、きちんと反省して、亡くなった後、少しでもいい世界に還れるようになっていただきたい、と願うようになりました。

一般的には、死を前向きに考えることは、なかなか難しいことです。そうした世間の常識に逆らっての告知は、かなりのエネルギーを必要としますし、医療環境では文字通り孤軍奮闘という状況でした。けれども、究極のがん告知とは、患者さんに極楽に行っていただくためにするものだと分かったのです。以来、私は100%、がん告知をするようになったのです。

第3章

いつお迎えが来ても

こんな時こそ、翌年の講演を約束

S先生の診察日には、娘と共にクリニックで調べた血液の検査結果を持って行きました。

「抗がん剤の投与後は、いかがでしたか?」

「何とか仕事を続けることができました」

「よく頑張りますねえ!」と、S先生は驚いています。学生時代からのお付き合いですから、S先生はもともと元気に動き回っていた私を知っているのです。血液検査の結果を見ながら、「肝機能がいくらか改善していたので、薬の効果が期待できます」と話しかけてきます。

次回は、CTを撮っての効果判定です。

自宅に帰ってから、娘が妻に言っていました。

「S先生、前回まではパソコンの中のデータばかり見て、私たちを見ることはほとんどなかったのに、今回は私たちの顔を見ながらゆっくり説明してくれた」

つまり、悲惨な病状だが、一筋の光明のようなものが見えてきたということでしょうか。主治医にしてみれば、これから起こるであろう胃がん特有の症状で、日常生活が送れなくなるようなことを予測していると、明るい話題を提供できないのです。でも、今回は、少なくとも肝臓の機能が改善していますので、多少の期待が持てるということなのでしょう。それでも、欲を出さず、あくまでも冷静に病状を受け止めるようにしなければなりません。

気持ちは穏やかですし、別に悲観する気持ちも起きません。家庭でも職場でも、本心から明るく過ごせています。以前に比べ体力は明らかに低下していますが、気力の面ではむしろ前向きになり、充実していると思います。

クリニックの経営は安定しています。しかし、いつ私が仕事を続けることができなくなるか分かりません。病気になってからは、土曜日は娘婿《むすめむこ》に診察をバトンタッチしています。今後、抗がん剤の点滴で私の診察が無理になってきたら、全面的に娘婿に診察をお願いしてはどうかという話になりました。しかし、そのためには彼は勤務先を辞職しなければなりません。実は、病気になった私が最も心配しているのは、このことだったのです。

事務長や家族の意見としては、急にバトンタッチするのでなく、できるだけクリニックに穴をあけないようにしながら娘婿に代診をお願いして、患者さんにも馴染《なじ》んでもらっておくことが大事だと言います。もっともだと思いました。

10月上旬に抗がん剤の点滴治療を受けてから1週間が過ぎ、体は日増しに楽になりました。仕事も落ち着いてできています。

私が病気になったことを知る方が増えるにしたがい、励ましや、さまざまなアドバイスをいただくようになりました。こんなにたくさんの方からお心遣《づか》いをいただいているということに対して、感謝の気持ちでいっぱいになります。

そんな折、高知県のY先生から電話が入りました。私は、「日本ホスピス・在宅ケア研究会」という会の副理事長を務めているのですが、その全国大会が2009年7月に高知で開催されるので、運営担当のY先生から記念講演を頼まれたのです。

「メインテーマが『スピリチュアルケアの夜明け』ですから、どうしても先生の話を皆さんに聞いていただきたいのです」という依頼でした。しかし、このような病気になってしまっては、お断りをするのが常識だと思います。

「会場の皆さんに明確な死生観を持っていただけるように、私なりに講演を頑張りたいと思うが、もしものことがあってもいけないので、代わりの方を探してほしいんだが」とお願いしましたが、「先生なら大丈夫です。ぜひ来ていただきます」と断言されてしまいました。

来年の7月など、遠い先のことです。私の体調がどのようになっているか、命があるかどうかも分からないのです。それでも、頼まれた以上は何としても期待に応えたいと、むくむくとやる気が湧《わ》いてきました。いつも頼りにしてきた友人に相談しますと、かえって叱咤《しった》激励《げきれい》されました。私はチャレンジすることが大好きです。新たな目標設定をして、真剣に人生の見直しをしたいと思い始めました。

また、旧交を温めている同級生から、末期がんの私を元気づけようと食事のお誘いも受けました。しかし、夜に出歩いて飲み食いする自信はありませんので、「私の家に来てくれるのなら、一緒に軽く食事をしながら話をしよう」と提案すると、4人の同級生が手土産を持って来てくれました。

今回の病気についての成り行きを淡々と説明する私に、皆はあっけにとられています。

「自分たちは、そんな病状になったら、とても冷静にはなれない。朝日は日頃から講演や書籍にして書いていることを、きちんと実践できているんだな」

一人が、私の病気のことを聞いた夜、夢を見たそうです。夢の中で、胃がんの末期で、余命は2週間しかないと言われ、本当に焦ったと。いつ大病に見舞われるか分からないので、日頃からの心構えと予防がとても大事だと実感したようでした。

講演内容に実感と迫力がこもる

抗がん剤を飲み続け、元気も出ない時に、以前から頼まれていた講演の予定が迫ってきました。「このような状況では無理ではないか。かといって、ギリギリになってキャンセルするのも皆様に失礼だ」と思い、とにかく頑張って講演に出かけることにしました。全く食欲がなく、食事も摂《と》らないままでしたので、講演中に倒れてしまうかもしれないと思い、何とか栄養ドリンクを飲んで、息子に会場まで連れていってもらいました。

容態を詳しく知らない主催者は、「先生のファンがたくさんいらしています。皆さん、先生の講演を楽しみにしています」と言って、会場へ案内してくださいます。確かにたくさんの方が参加してくださっています。頑張るしかありません。

「死ぬまでに、やっておきなさい」という、私がかつて出した本のタイトルが演題になっていますから、大いに笑っていただきながら、病気との付き合い方、死ぬまでの準備の仕方、極楽へ行くためにお勧めの心の持ち方や実践すべきことなどについて話しました。私は疲れ果てていましたが、皆さんの笑顔に励まされて、何とかお役目を果たすことができました。

おもしろいもので、講演内容に実感がこもるようになり、迫力も出てきたようです。確かに症状ひとつとっても、病気になる前は、「たぶんこうだろう」と、一種の想定で話をしていたわけですけれども、今はもう実体験済みです。しかも早期がんではなくて、末期がんですから、説得力は増していたのでしょう。

家に帰ると、すぐに横になりました。ほとんど食べていませんので、グッタリという感じです。夕食はおいしそうなうどんすきです。妻が、

「食べられるだけでも食べてごらんなさい」と言います。申しわけ程度のうどんを食べましたが、それ以上は無理です。今日一日で口に入ったものは本当にわずか。これでは体力がもたないと思いました。娘夫婦は私の食欲を見て、「お父さんは意外と早く弱るかもしれないから、クリニックの跡継ぎの準備を進める必要がある」と相談したようです。

その後、私は睡眠薬も効果的に使ったせいか、よく眠れるようになり、食欲も戻ってきたのですが、家族は、できるだけ早い時期に娘婿がクリニックの仕事を引き受けることができるように検討しているようでした。私にしてみれば、ありがたい限りです。

「あの世の真実」をもっと伝えたい！

こうした中、自分が最も皆さんに伝えたいと思ってきたことが、むしろ鮮明になったように感じました。私は、死を受け入れ、死への旅立ちをサポートする医師として、あの世を認めた世界観、そして「人は何のためにこの世に生まれ、生きているのか」ということについて、以前から講演や書籍などでお伝えしてきました。心安らかに幸せに人生を全《まっと》うし、あの世に旅立つことの大切さを、残された時間の中で、もっと人々に伝えたいと願うようになったのです。

そのきっかけとなったものの一つが、10月末、香川県で開催された「心と命のフォーラム『生きる作法・死ぬ作法』――上手に生きて、上手に死のう」でした。毎年開かれているフォーラムで、パネラーは真言宗と浄土真宗のお坊さんと宗教学者の先生、そして私です。

前回のフォーラムでは、お坊さんたちが、あの世はないような話を展開して大変驚きました。そのため、当時も参加していた私は、あの世は厳然とあること、三途《さんず》の川の渡り方をお話ししました。２人のお坊さんから、よいお話だったとおほめの言葉をいただき、後日、それぞれのお寺に呼ばれて、門徒さんなどにもお話をさせていただいたのです。

今回は、メインテーマが「上手に生きて、上手に死のう」ですから、何をすればよいのか、宗教者として具体的なことをお話ししていただきたいと思っていました。

ところが、パネラーの皆さんは、長生きするにはどうしたらいいかとか、病気の予防などについての話をしています。「あの世はないと思っているが、先祖たちの話にも出てくるので、あるかもしれない」とおっしゃる。論点がやはりズレています。お坊さんたちは死後の世界を認めていないのでしょうか？　でしたら、なぜ葬式を執り行うことができるのでしょう。

最後に私の番になりましたので、あの世があることを力強くお話ししました。

「あの世には、極楽と地獄があります。お勧めは極楽へ行くことです。死んでから、いずれに行くかは、その人の生前の行状や心の持ち方で決まります。世のため人のためにお役に立つことをしていれば貯金になりますし、そうでなければ借金を抱えることと同じです。人生をトータルで見て、貯金が多ければ極楽、借金が多ければ地獄行きになります。すると、皆さんがこれから死ぬまでにしなければならないことは、いかにして貯金を殖やすかということになります」

このあたりの話になりますと、見えない世界の話ですので、納得していただくのは難しいものです。それでも、「小学校に入るまでにやっておくこと」「赤ちゃんを出産するまでにやっておくこと」などをたとえに出しながら、あの世へ行っても幸せになれるような対策が、生前に必要だと訴えました。

たくさんの方が、「ウン、ウン」とうなずいていらっしゃいます。

会が終わってから、多くの方から握手ぜめにあいました。

それまで、どちらかというと、おっとり柔和に話していた私ですが、この講演会を機に、全身全霊、思いを込めた講演に変わっていきました。

腫瘍マーカーは天文学的数字なのに

10月末のフォーラム以降も、私は体調を大きく崩すことなく仕事ができていました。末期がんの患者というより、少し元気の足りない白髪の初老という感じでしょうか。

元気な頃は、月日が矢のように過ぎていく感じでしたが、今回の病気になってからは、「1カ月を無事に過ごさせていただき、ありがとうございます。来月もよろしくお願いします」という気持ちになります。時間の経《た》つのが愛《いと》おしいような感じです。ベッドで横になっている時間がずいぶん長くなっているのですが、一日一日が充実したものに感じられます。

ある日、娘が、私の血液検査の結果を持って来てくれました。なんと、肝臓の検査結果は明らかに改善しています。メインは胃がんですが、肝臓の検査結果がひどかったものですから、主治医のS先生も胃より肝臓のことを心配していました。緊急に手術の可能性が出るのも肝臓が悪くなった場合です。

腫瘍《しゅよう》マーカーといって、がんの勢いを調べる血液の検査数値があります。最初、アルファフェトプロテインというマーカーを調べたところ、正常値は5から20程度なのに対して、私のデータは、なんと18万という天文学的な数字でした。これは、体の中のがんの勢いが非常に強いことを示していると考えられましたが、そのような状態で、特に不調を訴えることもなく仕事が続けられたことに、自分でも驚きました。

その数値が今、２７０に下がっているのです。正常値から比べますと、まだまだ高いのですが、最初の18万からすれば、劇的に下がっています。これで病気がよい方向に進んでいることを確信しました。

ところが、これは後で分かったことですが、あの下がった数字は単位の取り方の間違いによる数字のマジックだったようです。実は、２７０ではなく、27万だったのです。つまり18万から27万へと、明らかに悪化していました。しかし、数字がそうであっても、体調が悪いわけではありませんでしたので、不思議といえば不思議です。

11月初め。診断が下されてから、１カ月以上が経過しました。この間、クリニックを休むことなく仕事ができていることに、自分でも驚いています。胃がんがかなり進み、肝臓に何カ所も転移していることなどから、さまざまな自覚症状が出てきても不思議はありません。私もたくさんの方を診《み》てきましたが、胃腸症状だけでなく、黄疸《おうだん》などの肝臓症状も出現し、対策に苦慮することはたびたびです。

ところが、私の場合は、そのような問題に悩まされることなく仕事が続けられています。ありがたいの一言でした。クリニックのスタッフたちも、毎日私が元気に仕事に来ることを、当然のように受け止めてくれているようです。

もっとも以前は、昼休みの時間を惜しむようにして往診に出かけていましたが、今はそれができません。それだけ、体力が落ちているということなのです。そこで往診は、体調によって翌日に延ばしたり、翌々日に延ばしたりしてもらうようにしました。

目の前に小さな星が飛ぶ

11月に入って、病院へCTを撮りに行きました。

S先生より、CTの画像を見ながら、「胃がんは少しよくなっていますが、問題は肝臓です。肝臓がこのまま悪くなると危険な状況になりますので、肝臓に効く抗がん剤に変更しましょう」と診断を受け、3週間ごとに抗がん剤を点滴注射するメニューに変更になりました。

妻は、「とにかく新しい抗がん剤を打ってもらうしかないでしょう。それまでに体力をつけておかなければならないので、しっかりごちそうを作ります」と言ってくれます。とてもありがたいことですが、食欲ばかりは、以前の6割程度でしょうか。おいしくいただけているというより、義務的に食べている感じです。空腹感もありますし、吐《は》き気《け》などはありません。ただ、少し食べただけで、空腹感が満たされるのです。そして「ゲップ」の連続になります。胃の中にがんがしっかりと居座っていますので、一度に多くの料理を食べることができなくなっているようです。

11月14日、新しい抗がん剤を打つために入院しました。

点滴を開始してしばらくすると、目の前に小さな星のようなものがチラチラしてきました。胸のあたりも重苦しくなり、看護師さんも、「先生の顔が赤くなっています」と言います。アルコール処理をした薬なので、酔っ払うのでしょう。驚きの一瞬でした。

少し気分が優れませんので、横にならせてもらいました。すると、腰の周りが急に重く痛くなり、呼吸困難になりました。そのことを看護師さんに告げ、点滴のスピードをゆっくりめにしてもらいました。点滴のスピードをゆるめることで、その後は気分よく点滴を受けることができました。

前回は、抗がん剤が体を回るような感覚があり、薬が効いているような気持ちになりましたが、今回はそのような気持ちにはなりません。

治療が終わってわが家に帰るとホッとします。人によって、感じ方は違ってくると思いますが、私にとりましては、わが家の壁や廊下や木目や窓の温かみが必要です。近くに家族がいると思うだけで、幸せに包まれていると感じるのですから、早く家に帰れるということは、本当に嬉《うれ》しいことです。

やがて、薬の副作用から、私には仕事は無理だと、娘が娘婿にクリニックでの診察を頼んでくれました。

しかし、できるだけ皆に迷惑をかけたくないですし、クリニックのスタッフが安心して働けるような環境を整えるためにも、もう少し頑張らなければと思ってしまうのです。娘婿にいかにしてスムーズにクリニックの経営をバトンタッチするかが、私にとっては重要な問題だからです。

妻は「おとなしくしていなさい」と言います。しかし、じっとおとなしくしていて、悪くなるのをただ待つだけならば、少しでも元気に動ける時に、やりたいことをやっておきたくなってしまうのですから、困ったものです。

高熱騒ぎから、娘婿が決意

「副作用が厳しい様子なので、無理に抗がん剤を続けなくても、自然の成り行きに任せるなど、楽な方法で様子を見ながらいくという選択肢も検討してください」

11月末にS先生の診察を受けた時、娘がそうお願いしていました。

あまり生命に執着しても、最後につらい思いをするだけですから、生命に関しては淡白になろうと心がけているつもりですが、今回は、内心、抗がん剤の効果を見てから、今後の治療方針を決めてもよいのではないかと思いました。

S先生も、「抗がん剤は効果を見ながら実施しますので、結論はもう少し待ちましょう」と話してくれました。

それからです、体が熱くなってきたのは。自宅で熱を計りますと38度。横になると、なかなか起き上がることができません。夕食の時刻を過ぎても起きられず、体温は38・9度でした。

次の日も仕事を休み、看護師さんに点滴してもらいました。点滴の針を刺している時から震えが始まります。熱を計りますと38度を超えています。昨日もしっかり寝ていながら、今日も寝ることができるということは、それだけ体が休息を求めているのでしょう。

その後も高熱の日が続きます。気分は悪くないのですが、熱があることで体が思うようにならず、横になっていると楽なのです。熱が下がってくれればありがたいと思い、思いきって熱さましの座薬を入れて寝ていますと、汗が出てきます。翌朝、熱はいくらか下がりましたが、食欲がなく、栄養ドリンクを飲むのが精一杯です。

そんな私に娘が心配して、娘婿と年明けからの対策について話し合おうと言います。私も、クリニックの仕事が十分にできないとなると、娘婿に全面的な応援をお願いするしかありません。妻も交えて、娘夫婦と今後のことについて話し合いました。

娘婿は私と同じ泌尿器科医で、30代半ば。勤務先の病院で、検査や手術ができるだけに、まだまだ自分の技術を磨きたい、手術の腕を上げたい年頃です。ところが、クリニックの仕事に就くとなると、外来での診察だけになってしまい、手術などをする機会がなくなるのです。このことに関しては、彼の気持ちの整理が大事になります。しかし、娘婿も、私の容態を毎日見ていますので、跡を継がなければならないと考えていたようです。

後で聞いたのですが、妻と娘夫婦は私が寝てからも、あれこれ話し合ったようです。

「お父さんはこの調子で弱ってくると、そう先は長くないのではないか。それなりの準備を急いだほうがいいかもしれない」などと話し合う中で、娘婿も腹を決めたようです。

ただ、私にしてみれば、「薬の副作用のために、熱が出て、食欲が落ちているだけ」と感じていましたので、すぐにお迎えが来るような状況ではないと思っていました。一方で、この世に生きている残り時間への焦りのようなものは薄れ始めていました。

臨終間近の患者さんの神秘体験

私が接してきた患者さんで、幽体離脱や臨死体験などの神秘体験をした方が何人もいます。

手術中に部屋から出て、隣の部屋に行ってきたとか、いよいよ亡くなりそうになった時、「親が迎えに来た」といった話をよく聞きます。「お花畑を見てきましたよ」と言う患者さんもいました。

臨終が近づくと、魂が体から出たり入ったりするらしいのです。魂が肉体から出ると、あの世が見えるわけですね。死に瀕《ひん》した患者さんがウソを言っているとは思えません。やはりあの世の世界があると分かり、お迎えの霊が来たことが分かると、その霊についていけばいいのだからと安心するのでしょう。患者さんは穏やかになります。

ところで、臨死体験を語る患者さんは女性の方が多いように思います。たぶん女性のほうが素直に事実として受け入れるからでしょう。たとえば子宮は、子供をあの世からこの世に宿す霊的器官といわれています。妊娠は、自分以外の霊を宿す、一種の憑依《ひょうい》現象なのですが、女性はそうした「霊的な感覚」を実感しやすいのだと思います。

それに比べて、男性の場合は臨死体験を語る方は少ないです。おそらく理性が強く働いて、たとえ臨死体験をしてあの世を見たとしても、夢だと否定しにかかりますから、なかなか口に出さないのでしょう。

第4章

焦るな、焦るな

〝至福の時間〟に気づいたこと

11月末から別の副作用が気になりだしました。髪の毛がどんどん抜けるようになってきたのです。ブラシで髪をすきますと、たくさん抜けます。服や枕にも抜け毛が目立ちます。まだ、頭の地肌が目立つほどではなかったのですが、妻と相談して散髪に行くことにしました。いつもの床屋さんです。

「このきれいな白髪を切ってしまうんですか？　もったいないですね」

「これからどんどん髪の毛が薬で抜けてくるので、思いきって刈ってください」

鏡に自分の顔が映っています。髪の毛がバサッバサッと切られます。まるでお坊さんになったようで、不思議なパワーがみなぎってくるような感じです。

自転車で帰りますと、頭に風が堪《こた》えます。これは帽子が必需品だなと思いました。家に帰りますと、孫が、「じーじー、一休さんみたいでカッコいい。僕も坊主にしてみたい」と言います。ふと、丸坊主だった高校生の頃の自分が思い出されました。顔と頭が真ん丸く、いつもニコニコしているものだから、「ニコホン綿」の宣伝の顔みたいだということで、ニコホンと呼ばれていたのでした。

症状は一進一退といったところでしたが、抗がん剤の副作用が落ち着いたのでしょうか、12月には毎日、比較的快適に生活できるようになってきました。クリニックの仕事や往診、メールや原稿作成などがはかどります。採血データも改善傾向にあります。このように、効果が期待できる以上、まだ抗がん剤を続けることは可能であると思えました。気分的にも9月の末頃より良好でした。

12月初めに、2回目の抗がん剤の点滴をしましたが、今回は何の問題もなく終えることができました。

日向《ひなた》ぼっこをしながら点滴をしていますと、居眠りしそうです。気持ちがとてもよくなってきます。のんびりと休日に日向ぼっこをするのは、何年ぶりでしょうか。ほとんど記憶の彼方に消えていますので、至福の時間に思えました。

このようなゆっくりとした時間を持てるということそのものに、意義を感じ取れるようになりました。これまでの人生、暇な時間を見つけては、「何かしなければならない」という、一種の「焦り」のようなものを感じ、暇な時間をつくらずに済むよう努力していた自分に気づいたのです。日向ぼっこなんて、時間の無駄とさえ思っていました。昼休みの時間をつぶして、仕事に頑張っていたくらいですから。

日の光を浴びて、居眠りしながら点滴を受けているという時間がとても貴重に感じられ、癒《いや》されていると感じる——リラックスして、緊張している神経や手足を思う存分伸ばしてやることが、心と体の健康を増進する方法だとも感じ取ることができました。

それからです、「焦るな、焦るな」と何度も自分に言い聞かせながら生活することで、気分的にはさらに楽になったのです。

そして、あれもこれもと願う気持ちがずいぶんと整理され、おさまってきました。しなければいけないことがたくさんある中で、ある程度絞り込めるようになってきたのです。

二兎《にと》を追う者は一兎《いっと》をも得ず。捨てるべきものは捨てていく姿勢も大事だ——。おかげで、「これはもういいや」と、ほどほどで割り切ることができるようになったのです。検査結果にしても、一喜一憂せず、「まあ、いいんではないか?」と受け取れるようになりました。

今回は、前回の抗がん剤を受けた時と比べても、とても楽です。前回は抗がん剤を打った翌週の週末に白血球数が減り、高熱が続き、家族の者たちは、「もう先は長くない」と感じました。今回はどうなるか楽しみです。

また、近々講演を頼まれているので、少しでも元気な状態で当日を迎えたい。そのためには、摂生しながら十分な休養を取っていこうと考えました。いつも走り続けなければ気が済まなかった私にとって、適度に自分をゆるめることができるようになったのは、大きな変化でした。

クリニックで仕事をして、帰ってきますと熱が出ます。たぶん、体内で抗がん剤とがん細胞がせめぎ合いをすることに反応して、熱が出ているのだろうと思います。しかし、今までと違って、気分はとても良好です。体がしんどいわけではありませんし、前回の抗がん剤治療後とは違って、毎食それなりに食べることができます。

ただ、白血球数は減っていますので、瞑想《めいそう》をするなどして、心を穏やかに保てるように努めました。

千羽鶴

講演会の当日、クリニックで血液検査をしますと、白血球数がさらに減っていました。これでは、講演会に出かけるのは無理だと判断し、主催者にお断りの電話を入れました。

少ししてから、再び主催者から電話があり、「ご体調が心配ですが、先生のお話を一人でも多くの方にお伝えすることも、私たちの役目ではないかと思います。これからビデオを撮りに、自宅までお伺いしてよろしいでしょうか？　講演会では、それとともに、以前に撮影した先生のビデオも上映しようと思います」と頼まれました。

やがて、主催者とカメラマンが来ました。がんに罹《かか》ったことを隠し立てする必要もありませんし、頭が坊主になっていますので、きちんとした説明をしたいと思い、ビデオカメラに向かって、病気になってからのことを簡単にお話ししました。

やがて講演会の主催者から電話があり、「参加者の皆さんが、先生の病気のことを心配なさっていましたけれども、先生のビデオの内容にとても勇気づけられたと感激なさっていました」とのことでした。私も、講演会が無事に終わり、ホッと胸をなでおろしました。

そんな時、クリニックのスタッフから思いがけないプレゼントをいただきました。きれいな七色の千羽鶴を折って、私の自宅へ届けてくれたのです。これほどまでに心配してくれている皆の気持ちが私にも伝わってきて、涙が出てきました。皆の期待にも応えなくてはならないと肝に銘じ、早速、千羽鶴を書斎に飾り、私の背中から温かく見守ってもらえるようにしました。

不安に埋没しないためのコツ

「がんがずいぶんと小さくなっています」

12月中旬、3回目のCTを撮った時のことです。検査の途中で、K先生がわざわざ横まで来て、そう教えてくれました。今までは、検査がすべて終わってから説明してくれていたのに、検査途中で説明してくれるのは、がんが小さくなっていることを彼も喜んでいる証拠です。

検査が終わり、CTの画像を見ると、明らかにがんは小さくなっています。家族もみな喜んでくれました。主治医のS先生もがんが小さくなっていることを認め、「今の抗がん剤が効いていると思われるので、もう少し続けましょう」ということになりました。同席していた娘も抗がん剤を続けることに賛成してくれました。

ただ、がんという病気はこちらの思惑通りにいくかと思えば、突然変化したり裏切ったりすることも珍しくありませんので、注意しながら経過を見ていくことが大事です。

胃がんがずいぶん小さくなっていましたので、胃カメラをすることになりました。胃の変化を見ておきましょうということです。

胃カメラの検査が終わってから、画像を見せていただきました。当初はヘドロのようなナマコのような物体が胃の中にどんと居座っていましたが、今はその影も見えません。

前回は胃を膨らませると、がんの部分から出血していましたが、今回は胃もよく膨らみ、「出血の傾向はありません」とのことでした。

胃がすっきりしてきましたので、以前より安心して食べることができるようになりました。それでも、胃に負担をかけてはいけませんので、しっかりと嚙《か》んで飲み込むように心がけました。

ところで、なぜ、がんが小さくなったのでしょうか。確かに抗がん剤治療が効いたのだと思いますが、私自身が、がんを受け入れたうえで前向きになれたことも大きな理由だろうと実感しました。

前向きになるには、不安と症状悪化の悪循環から脱することが大切です。私は、次のようなことも心がけていました。ご参考までに、ご紹介しますと――。

①まだ残っている機能を再発見する

まだまだ体にも残されている機能があると思えれば、心に余裕も生まれてきます。

今まで私は、著作や講演を通じ、内臓に対して感謝の気持ちを向け、声をかけることの大切さについて、皆さんにお伝えしてきました。私自身ががんになり、こんな状態になっても、食事が摂《と》れることなどに感謝し、胃に「頑張っているね」と声をかけるようにしていました。

そして、病状がよくなるにつれ、このように語りかけました。

「胃がん君、君の使命は終わったから、そろそろ僕の使命を果たせるように、退いてもらえないやろうか。十分に学ばせてもらうことができたから、後はもう仲よくしような。無理を言わないようにしてくれや」

②健康な時に「当たり前だ」と思っていたことを挙げてみる

病に罹《かか》ると、健康な時には当たり前だと思っていたことが、実はありがたいことだったと気づくと、過度な不安を脱することができるものです。

私の場合、なにごとも全力疾走で一生懸命にやるのが当たり前だと思っていました。しかし、病になって、それが難しくなった時、先ほども触れましたように、暇な時間を埋め尽くすことが大切なのではなく、仕事や講演をさせていただけること自体が、どれほどありがたいことかを痛感したわけです。

③「こんな状況でも、人に何かしてあげられる」と考え、実行する

人は病気になると、つい自分の苦しみのことばかり考えがちになり、相手に過度な期待をしては、失望に転じがちです。私は、がんになっても、クリニックの患者さんに愛の心で接すること、そして講演などで多くの人に、老いや病、死について、より明るくお話しすることを心がけました。それが自然にできたのも、項目の①～②に気づけたことが大きかったように思います。

いずれも、ちょっとしたことではありますが、毎日心がけていると、気持ちが楽になり、今後の生活に対して、勇気や希望が湧《わ》きやすくな

るので、ぜひお勧めです。
がん告知をされると、余命も分かるため、ほとんどの方の心には悩みや不安がグルグルと堂々巡りするのではないでしょうか。そうした時、ひとまずこのようにがんを受け入れて、心が落ち着いてから、悩みを書き出してみて、解決できる問題から手をつけていくのもいいですね。

「先生の声に張りが出てきました」

年末を迎え、クリニックはインフルエンザの予防注射などでにぎわい、スタッフは気持ちよく働いてくれています。家では娘夫婦が孫のクリスマスプレゼントを準備していました。何とか今年を無事に過ごせそうです。安堵《あんど》と感謝の気持ちでいっぱいになります。

そんなクリスマスイヴのさなか、来年の7月にと講演を依頼してくれた、高知のY医師がわざわざ私の家までお見舞いに来てくださったのには驚きました。

「何としても、先生には元気になっていただかなくてはなりません。食生活など、できるところから改善を図《はか》っていただいて、来年の記念講演をぜひお願いいします」

そのように熱く話をしてくださる姿に、ぜひともお返しをしたいと、生きる希望が大きくなってくるのを感じました。

12月25日朝、目覚めますと、私のベッドの横に2つのきれいな袋が用意されています。娘に尋ねますと、「クリニックのスタッフからのクリスマスプレゼントよ」とのことです。そのようなものをもらったのは、妻と学生時代に付き合い始めた時に、プレゼントをもらって以来、40年ぶりでしょうか。

袋を開けてみますと、温かそうな帽子とマフラーが入っています。髪を短くしていますので、とても助かります。クリニックに出かけて、朝礼で皆さんに心から感謝の言葉を伝えました。皆の気持ちが、私の体調をよくしてくださっているのだと思いました。

採血の結果、肝臓のデータも明らかに改善しています。9月下旬から10月上旬にかけての体調と比較してもよくなっているような気がします。スタッフも「先生の声に張りが出てきました」と言ってくれました。

暮れも押し迫った27日、午前中で診療を終え、午後は全員でクリニック内の大掃除をすることになっていました。私は皆に頑張ってくださいと声をかけてから、病院へ抗がん剤の治療を受けに出かけました。新しい抗がん剤に替わって3回目ですので、おおよそのことは分かります。1回目の時とは大違いで、抗がん剤を打ちますと、体が楽になっているようにさえ感じます。がん細胞がすでに小さくなっているので、いい効果がもたらされているのかもしれません。9月末からの出来事などを思い出しながら、スタッフが協力してクリニックを盛り上げてくださったことに感謝が尽きませんでした。

体力が落ちても、気力を充実させることはできる

今回の病気で改めて分かったのは、結局、治療は体力よりむしろ、気力が大切だということです。体力は落ちていても、フレッシュな気持ちで「よし頑張るぞ」と自分に言い聞かせることで、何とかなるものです。気力が萎《な》えると、体力も一緒に萎えてしまい、寝込んでしまうことになるでしょう。

確かに、抗がん剤を打ちますと肉体はダメージを受け、それが食欲や体温に影響します。体を積極的に動かすことも難しくなります。ところ

が、そのような状況であっても、気力を充実させることはできるのです。

気力を充実させるために必要なものは、目的ではないでしょうか。「何のために自分は生きているのか？」「自分は本当は何をしたいのか？」という目的がはっきり分からないと、気力は湧きません。だから体の調子が悪くても、歯を食いしばってでもここはひと踏ん張りしなければと頑張れる時は、必ず何か目的があるはずなのです。

もう一つ、気力の大きな源となるのは、未来や将来に対する希望です。「死んだら、何もかも終わりだ。消えてなくなってしまうのだ」と思っている人は、病気が悪くなるにしたがって、どうしても気力が萎えてきます。

ところが、あの世を信じ、霊的な人生観を受け入れている人は、違った展開になります。先にも申し上げましたが、人間は永遠の生命を持っていて、この世とあの世を転生輪廻《てんしょうりんね》し続けている存在であるということ、そしてこの世には魂修行のために生まれてきたことを信じて生きていますと、気力が高まってくるのです。

そんな人の場合、がん告知をされて余命あとわずかと知らされても、「今回の人生でやれるところまでやっておこう。この努力がまた次回の人生のプラスになる」と考えることができます。そして、心残りになっていることなどを、余命のある間にできる範囲で済ませておこうとします。これが気力につながります。来世にプラスになると信じて余命を生きるのと、余命を悲観して何もせずに生きるのとでは、雲泥《うんでい》の差があると思うのです。

なお宗教の中には、はっきりとした死生観を持っていないものもあり、そういうところの信者さんは死後の未来像を描くことができず、がっくりしていきます。私が診《み》ていた患者さんで、とても信心深いのに、病が悪くなるにしたがって、どんどん意気消沈していく方がいました。その方の信仰観では「死んだら土になる」と信じていたため、来世を全然描けなかったのです。正しい霊的世界観を学ぶことの大切さを実感しています。

気力を充実させるコツ

ここでは、気力を充実させるコツを改めてポイントにまとめてみましたので、ぜひ参考にしてみてください。

①明るく前向きに考える習慣をつけましょう

気力を充実させるコツは、まず、ものごとを明るく前向きに考える習慣を身につけることです。自分自身を励ましながら、他の人に対しても優しく接したり、思いやりを持ったりすることです。気力とは、ある意味で、自家発電のようなものだと思います。気力を高めることができると思えばできますし、できないと思えば、決してできるようにならないでしょう。

毎日、朝から晩までの間に、悲観的なことや不安なことを思っている時間が多ければ、気力は衰えているかもしれません。反対に、たとえ環境や体調が悪くても、なにくそと思って、明るいことを考えるように心がけてみてください。他人に対して親切にしよう、多くの方が幸せになれるにはどうしたらいいかを考えてみようと思えれば、気力が高まってきます。

②人生の目的をはっきりさせましょう

症状にかかわらず、自分は何のために生きているのか、本当は何をしたいのかを、はっきりさせます。過去の自分は何をしてきたのかを、じっくり振り返ることから始めてもいいでしょう。時間はかかるかもしれませんが、自分にとっての人生の目的が見えてくるのではないでしょうか。また、今いちばん懸念していることは何か（自分の寿命や生命に関すること以外で）を考えることも、人生の目的を気づかせてくれる、きっかけになるかもしれません。

③未来への希望を抱きましょう

この場合の未来とは、来世《らいせ》、あの世のことです。死後の世界があり、人間は死んでも死なないのだと分かることで、希望が湧きます。死を肯定的にとらえれば、余生を明るく生きることができます。

第5章

やっぱり
がんはラッキーな病気

病気の原因のほとんどは、ストレス

思えば、がんが見つかってから、毎日が、抗がん剤との付き合いで、副作用に悩まされることも少なくありませんでした。それでも、穏やかな気持ちで日々を送っていました。家族も和やかに、よく笑いながら食事をしたりお茶を飲んだりしています。家族の中に末期がんの患者がいるだけで、全員が憂鬱《ゆううつ》になり、暗い雰囲気になりがちですが、わが家はそれとは無縁のようです。

焦るな、焦るなと自分に言い聞かせながら、少しずつ元気を取り戻すにつれて、皆さんにお返しをさせていただきたいという気持ちが強くなる一方でした。

無事に迎えることができた、感慨ひとしおの大晦日《おおみそか》、今年できたこととできなかったこと、人生の一大事ともいえる病になったことなどを一年の締めくくりとして日記に書き込みました。ゆっくりと考え、書き進めながら、今、何ともありがたい経験をさせていただいているのだと、感謝の思いで何とか年を越せる喜びをかみしめました。そして、改めてがんになった原因を考えてみました。

病気の原因のほとんどは、ストレスです。仏教的には、「色心不二《しきしんふに》」と呼ばれ、肉体と心は密接に影響し合うのです。特に胃がんは、仕事のストレスが大きな原因の一つです。また、医学的に見ると、当然偏食も考えられます。胃がんになりやすいような食生活、たとえばタバコとかアルコールを過度に摂《と》るなど、いろいろな原因が考えられます。

これまでの人生で、何をストレスと感じ、どのような気持ちの持ち方で生きてきたか。そのあたりのことを、気持ちを整理しながら振り返ってみますと、私の場合、普通の人に比べれば、はるかにストレス度が低い環境で生活していたように思います。

また、私は生来明るい性格のように思います。小さい頃の写真を見ましても、いつも満面に笑みを浮かべて写真に写っています。現在の生活の状況を見ましても、家族に恵まれ、これといった不満もない生活ができていることを心から喜んでいました。また、怒りや恨みつらみなどの感情もあまり起きません。

食生活も普通で、それほど偏食していたわけではありません。お酒も、家では一滴も飲みませんし、お付き合いでビアガーデンなどに行けばビールを中ジョッキ1杯ぐらい飲む程度。タバコは50歳でやめました。

ですから、「俺はがんにはならんなあ」と思っていたのに、なってしまって、「あれ?」と自分でも意外だったわけです。

休むことを許さず、頑張りすぎる傾向が

病は自分自身が作っているものですから、原因を考えることは、思わぬ「心の傾向性」に気づく機会になります。総合的に考えて思い当たることは、心の弦を張り詰めがちで、いわゆる完璧主義的な傾向ではなかったかということでした。

完璧主義というのは自分でも分かりにくいものですが、確かにそれに近いことを皆さんから指摘されていました。「無理をしすぎる」「休め」と言われ続けてきたのです。

50代の後半くらいから、私は妻から体をもう少しいたわるようにと、何度も注意されるようになりました。その頃の私は、冒頭にも書きましたように、講演の依頼が多く、休日はほとんど全国を飛び回っていたのです。本も何冊か出版しており、ＮＨＫラジオ「ラジオ深夜

便」やＮＨＫ教育テレビ「こころの時代」にも出演させていただきましたので、いっそう講演依頼が増えていました。

妻は、私の年齢を心配して、「いつまでも若くないんだから、60歳になったら、土日はどちらか一日を休みにするとか、月にいっぺんは土日を全くフリーな状態にしないと、疲れが蓄積しますよ」と、口を酸っぱくして忠告してくれていました。妻は元内科医ですから、これは〝プロ〟の指摘です。

しかし、私は、手帳を見ながら、どこかの空いている時間を工面しては、講演に出かけていたのです。月曜日から土曜日まではクリニックの仕事をし、土曜日の午後や日曜日には講演活動と、スケジュールをびっしりと詰めていくようになりました。先にも触れたように、暇な時間ができると、焦りすら感じていたほどでした。

「医者の不養生」とはよく言ったもので、思い起こせば、ほとんど無休状態です。

がんになってから、往診中に、小学校時代からの友人に商店街でばったり会った際も、「仕事などしている場合ではないだろう。ゆっくり静養しなければだめじゃないか」と、言われたことなども思い出しました。

このあたりの健康に対する過信による無理が、体に影響したことは十分に考えられます。「俺の体は丈夫なもんや」と思っていましたから。病気らしい病気は、ぎっくり腰くらいしか経験がなく、毎朝の犬の散歩も含めて、一日1万歩以上歩いていました。

ただ、休日をつぶして出かけていったとしても、講演はむしろ喜びでしたので、それをストレスとは感じていませんでした。「あの世はある」ことをお伝えし、患者さんはじめ多くの人々が、少しでも死の恐怖を克服するお手伝いができたらと始めた講演ですから、自分にとって命を懸けた一大事業。真正面から向き合ってきたのです。しかし、体はとっくに悲鳴をあげていた——。健康管理という面から、もう少し体をいたわってやる必要があったのだと反省しました。

私には、期待に応えたい一心《こ》で頑張りすぎるところがあるようです。世のため、人のためと身を粉にしてきましたが、休むことを自分に許さない点こそが、自己破壊的な側面を持つ完璧主義的傾向なのかもしれません。

また、若い頃から、自助努力を大切にしてきましたが、何でも自分でできると思う心の中に、「俺が俺が」という自我力が潜んではいなかったか。もちろん、その前提にある、健康への過信・驕《おご》りが完璧主義を見えなくしていたとも言えます。

一方、がん細胞という、もともと必要ないものを自分で作っているのだから、心の力で作りかえていくことができるとも学んできました。自我が強く、無理をしすぎる完璧主義的な傾向性にせっかく気づけたのですから、中道《ちゅうどう》の観点から心を組み立て直し再出発したいものだと、しみじみ思いました。

深まる、感謝の祈り

２００９年に入り、１月からは娘婿が週３回、クリニックに助っ人に来てくれるようになり、私は精神的にもさらに楽になりました。中旬より、病状は安定し、体調も明らかに改善傾向にあることを自覚していました。抗がん剤治療を開始してから４カ月が過ぎ、同じ薬では効果が不十分になってくると、抗がん剤の種類を変更し、継続治療を受けました。

一般的には、ある抗がん剤の効果が不十分になると、薬剤を変更しますが、副作用による体力の低下や、食欲不振による低栄養などに加えて、抗がん剤を変更することで、新たな副作用が出現したりするため、次の抗がん剤の効果はあまり期待できず、ずるずると病状は悪化し、半年の命という線に落ち着くことになります。

ところが、私の場合は、不思議なことに抗がん剤を変更するたびにそれなりの効果が得られたので、仕事ができていたのです。なんとありがたいことでしょう。副作用には見舞われましたが、週の始まりや、朝は体調がよくなり、クリニックに出かけることができます。まるで仕事中は副作用が起こらないようにしてもらっているかのようです。

肝機能の数値も驚くほどの異常値でしたが、肝臓が悪くなると出るような症状も出ず、なにごともおっくうになるほど体がだるくなることもありませんでした。

そもそも、胃がんなのに、胃の入り口や出口がきれいでした。内科の先生は、「普通は胃の入り口か出口のどちらかがやられます」と言っていました。

胃の入り口がやられると、食物などを飲み込む時に違和感を覚えやすいものです。また、胃の出口がやられると、食べた物がスムーズに通らないので吐《は》きやすく、そうした症状が早期発見の目安になるわけです。ところが、私の場合は、これらの症状が全く出ず、ご飯を普通に食べることができました。

だからがんに気づかなかったのでしょうから、それがよかったのか悪かったのか、難しいところではありますが、結果的に、厳しい病状にもかかわらず、食事に関するトラブルがなかった（抗がん剤投与の時は別ですが）のは、ありがたいことだったと思います。

クリニックの看護師さんたちで、以前、私と共に香川県立中央病院に勤務していた方が3人います。彼女たちはベテランですから、末期の胃がんで抗がん剤治療を受けていた方を何人も見てきています。

そんな彼女たちが私を見ながら、「これほど元気そうで明るく、しかも状況が落ち着いている患者さんは見たことがありません」と言います。確かに、仕事を続けられていることが、自分でも不思議でした。

そして、多くの方の援助で、ものごとがスムーズに、自分の願っている方向へ進んでくれます。何か目に見えない力が働いているように感じました。

「奇跡」という言葉が頭に浮かびました。私の場合は、急に病状がよくなったとか、災害に遭《あ》ったものの瓦礫《がれき》の下から数日後に助けられたなど、劇的に事態が好転したわけではありません。それでも、冷静に考えてみれば、大きな病を抱えて厳しい治療を続けながら、クリニックを休むことなく仕事ができている。この一日一日こそ、奇跡の中を歩ませていただいていることに他なりません。

「私は生かされている」――。

「今」という時を与えられ、仏神《ぶっしん》に生かされ、寿命を与えていただいている。私が今あるのも、家族や周りの人々に支えられてきたからであり、目に見えない仏神のご加護に他ならないと、心の底から感じ入るのでした。

そして、「こうして生かされているのは、まだ自分にも、この世で果たすべき使命や役割が残されているからではないだろうか」との思いが、日々、ますます強くなっていきました。

仏神は、私が苦しんでいる時も、どんな時も、私を見守り、共にあってくださる。慈悲を賜《たまわ》るばかりの私ですが、この世にいようともあの世にいようとも、永遠に仏神と共に歩ませていただきたい。仏神の御《み》手足《てあし》として、一人でも多くの人々が幸福になれるよう、お手伝いをさせていただきたい――。

そう心から確信でき、感謝の祈りは、深まるばかりでした。

待ちに待った、孫の誕生

3月には、香川県主催のがん予防セミナーに講師として呼ばれました。がんになった私が、がん予防の話をするのも変な組み合わせだと思いましたが、これも偶然ではないでしょう。

当日は、私のがん体験を交えながら、皆さんにがん予防の大切さをお伝えすることができました。おもしろおかしい私の話し方に、会場では笑い声が絶えませんでした。

さらに、NHK「ラジオ深夜便」の取材があり、「がんになって教えられたこと」という題で、2夜連続、お話をしました。インタビューをしてくださったディレクターさんは、「手遅れのがんと言われても、こんなに明るく生きることができるのですか？」と、驚いていました。このインタビューは3月19日、20日に放送され、全国から感謝や励ましのお手紙をいただきました。

4月。娘婿《むすめむこ》が勤務していた病院を正式に辞めて、私のクリニックに勤務することになりました。いよいよ、この日を迎えることができたと思うと、感無量でした。辞めるに際して、「今の病院で、これから何年も勤務するのは大変だから」と言ってくれた彼の気づかいに、言葉もありませんでした。

私が担当する診察日は　火曜日と木曜日だけになりました。あとは彼が往診も何もかもやってくれます。スタッフも彼に馴染《なじ》んで、非常にスムーズにバトンタッチができました。私は、なんという幸せ者でしょうか。

病状だけを見ていくと、きつく苦しい時もありましたけれども、総じて見ると、いい経過をたどっていました。副作用が出ても、「待っていたら、よくなるんや」と、自然体で受け止めることができます。そういう点では、精神的に非常に安定した状態で過ごせていました。

もう一つ、大きな活力のもとになったのが、私にとっては6人目の孫の誕生でした。

待ちに待った4月24日、長女が出産しました。彼女には4人目の子であり、私には6人目の孫なのですが、長女から「この子が生まれるまでは達者でいてください」と言われたその約束を守ることができ、ホッとしました。心配をかけた長女に、「出産おめでとう」の言葉と共に、「お父さんも、おまえとの約束を果たすことができて、嬉《うれ》しいよ」と笑って伝えました。

さて、新しい家族が加わったことで、わが家の生活が赤ちゃん中心に一変しました。時間的に最も余裕のある私が、もっぱらの子守役です。孫たちの両親はみな仕事に出ているので、事実上、妻が大家族の炊事・洗濯・掃除を一手に引き受け、毎日家事に追われています。

私としてもしたいことはあるものの、これまで家族に迷惑をかけっぱなしだったので、可能な限り子守に時間を割くようにしました。

赤ちゃんは元気のかたまりですから、子守をしていますと元気のおすそ分けをもらえるのです。名前を呼びながら抱っこすると安心するのか、よく眠ってくれます。むずかっても、あちこち歩きながらあやしていると、やがて眠ってくれます。成長するにしたがって表情が豊かになり、ニコッと笑ってくれると、疲れが吹っ飛ぶような感じで、嬉しくなります。

病の身には、赤ちゃんの笑顔が強力な癒《いや》し効果をもたらすのでしょう。私もずいぶん元気になりました。長女もそれを感じたのか、往診にも赤ちゃんを連れて行くようになりました。往診先の患者さんは皆さん大喜びだったようです。老人ホームなどでは、認知症の方も車いすの方も寄って来て、赤ちゃんからパワーをもらっているようでした。

赤ちゃんは泣くし、ぐずるし、なかなか思うようになりません。けれども、子供4人プラス孫5人を育ててきた経験から、ある程度時間が経《た》てば寝ることとは分かります。赤ちゃんが泣くのは、眠たいのに眠れないからで、30分から1時間も抱っこし続けてあやしていれば、やがて眠るものです。

寝顔を見ていると、とても気が休まります。最初は泣くだけですが、だんだんと笑うようになります。その笑顔にスーッと誘われて、こちらも嬉しくなるのです。そして声を出して、きゃっきゃっと笑い出しますと、元気をもらえるのです。

胸に水が溜まる

病状は落ち着きを見せ、がんは縮小傾向を続けていました。

6月には、地元・高松で日本オストミー協会の全国大会が開かれ、以前から頼まれていた「終わりよければすべてよし」という題で講演しました。参加者の皆さんは、直腸がんや膀胱《ぼうこう》がんなどで人工肛門や人工膀胱などを付けている方々です。私の体験も交えて、明るく生きることの大切さと、いずれ迎えるであろう、あの世への旅立ちを楽しいものにする心構えなどについてお話ししました。

「大丈夫ですか?」と、運営スタッフの皆さんは私の容態を気にしていました。私も「何とかなるやろう」とは思っておりましたが、問題なく講演を終えることができて、私の仕事がまだ残されていることを実感しました。

７月には前々から講演依頼のあった日本ホスピス・在宅ケア研究会の全国大会が、高知で開催されました。昨年の段階では、参加はできないのではないかと思っていましたが、大会長であるＹ先生が「朝日先生はきっと病状がよくなって講演なさるはずです」と、プログラムに組み込んでくださっていたのです。

当日は、クリニックのスタッフや病院時代の仲間たちとバスを貸しきり、会場に出かけました。演題はもちろん「死ぬまでにやっておきなさい」です。

会場には、終末期の患者さんをケアし、亡くなりゆく人々を看取《みと》る医療者がたくさんいらしています。そのすべての方々に、霊的人生観を知って、医療者自身が死を恐れず、死への不安、恐怖に震える患者さんたちを明るくサポートしていただきたい！　そう願いを込めて、すべてのエネルギーを出しきるようにお話ししました。

講演後、無事にこの日を迎えたことを喜んでくれたクリニックのスタッフより花束をプレゼントされ、夜は皆で宴会をして大いに盛り上がり、本当に充実した一日を過ごすことができました。

その後の検査で、まだ、胃に小さながんが残っているものの、「肝臓へ転移しているがんの影が見えなくなった」と、知らされました。ありがたいことだと仏神への感謝は尽きず、できる限りお返しの日々を送りたいと強く願いました。

ところが、がんが小さくなった喜びも束《つか》の間《ま》、今度は胸に水が溜《た》まってきました。横を向いて寝ようとすると、どうにも息苦しいのです。自分のクリニックは気軽に相談しやすいので、内科のM先生に診察をお願いしました。胸のレントゲンでは、右肺が真っ白になっていて、娘婿とM先生が主治医のS先生に連絡をとってくれました。そして、

2009年の9月に入院することになってしまったのです。

S先生は、「がんが悪さをしているんですよ。それで水が溜まった説明がつきます。そうに違いありません」と言って、調べてくれました。溜まった水の中にがん細胞があるかないかで、だいたいの見通しがつきます。さらにCTを撮って、胸の壁や肺の中に変な影があるかどうかも調べてもらいました。その結果、がんのかたまりである結節性《けっせつせい》の変化もなく、2回の細胞検査の結果とも陰性だったというのです。

陰性ということは、がんではないわけです。S先生は、「どうもがんではないようです。CTでもそのような影は見当たりません」と言います。それどころか、「もともとあったがんはよくなっている」とまで言います。胃がんは明らかに縮小傾向にあるとのことです。

それでは、がんではないのに、なぜ胸に水が溜まるのか？　結局、原因は分からずじまいでした。

「たぶん夏バテして、疲れが出てきているんだと思いますよ」と私は推測して伝えましたが、S先生は、首をかしげています。

実はこの夏、私はちょっと無理をしていました。というのも、7月、8月には、暑い中、県外も含めて方々《ほうぼう》の講演会に呼ばれて行ったからです。

8月の末には、がん征圧月間用にモルヒネへの理解を促したいという地域の市民団体からの依頼で、地元のホスピスの先生方と3人で山形まで出かけて講演したのです。しかし、翌日から体調を崩してしまいました。病人なのに、われながら無茶だったと反省しきりです。

入院直前も、クリニックでの仕事の合間に何本も講演を入れ、病気になる前と同じような、ハードなスケジュールを自ら組んでしまったのです。

娘婿が来てくれた4月から、クリニックの仕事量がぐっと減ったことをよいことに、「これで講演に行けるわ」と調子に乗って、依頼をどんどん受けていたのです。再びオーバーワークです。またまた、妻から「無理しすぎです」と言われる有様でした。

容態が落ち着いたなら、いろいろなことができる――と思ってしまうところがまだあります。あまり欲を出してもいけません。

緊急手術も抗がん剤も、やめます

結局、胸に水が溜まった原因がはっきりしないまま、9月から1カ月あまりもの間、入院してしまいました。毎日、1リットルの胸水が、水を抜くチューブから出ていきました。胸水が溜まらないようにしなければ、呼吸するのがしんどくて、家に帰ることは難しい状況でした。

しかも、胸水はただの水ではなく、栄養分を含んでいます。多量にチューブから胸水を排泄《はいせつ》する間に、明らかに体力は低下していきました。

処置を受け、胸から水が出なくなったところで、退院。水を抜くチューブもはずしましたので、久しぶりのわが家でゆっくり湯船に浸かることができます。妙なもので、入院中はずっとベッドで寝ていたせいか、家でもすぐにごろりと横になりたくなるのです。

そうこうするうちに、今度はお腹に水が溜まりはじめました。自分でも、少しずつ水が増えていることが分かります。10月の末頃までには、妊婦さんのようにお腹がパンパンに張って、へそが「出べそ」のようになってしまいました。息切れもします。寝る時も、体の位置をあれこれ変えないとなかなか寝付けません。当然のことながら、食欲も落ちてきます。

そのような状況で主治医の診察を受けますと、「腹水には利尿剤で対応してください。先日調べた血液検査で、抗がん剤がまだ有効性を保っているというデータなので、頑張って続けてみましょう」ということです。

診察の前に、私の体調の変化を見てきた家族は、「胸水をひっきりなしに抜いて、体力が落ちているのだから、抗がん剤は当分休むようにお願いしたら？」と言っていたのですが、主治医から抗がん剤の有効性を説明されると、私のいつものくせで、「それならもうひと踏ん張り頑張ってみようか」という気持ちになってしまい、その日のうちに、抗がん剤を受けてしまったのです。

帰宅しますと、食欲が全くなくなり、その翌日は一日中、副作用のしゃっくりに悩まされることとなりました。そして5日間もの間、ほとんど食べることができなくなってしまったのです。夏の間、延期していた久しぶりの抗がん剤は、それだけ副作用がきつかったということです。

やがて、食欲は少し回復したものの、筋力が著しく衰え、歩くこともままなりません。孫を抱き上げようとすると、ふらつく始末です。主治医のS先生が、「貧血が進んでいますので、胃から出血しているかもしれません」と言い、胃カメラで調べた結果、なんと胃がんが再び大きくなっていたのです。

「いつ、胃から出血するか分かりません。その時は緊急手術になる可能性が高いです」とS先生から説明を受けました。


ついに来るところまで来たかもしれない……。

その夜、緊急に家族会議を開きました。妻や子供たちと冷静にじっくりと話し合いました。そして全員一致で出した結論、それは——。

緊急手術は受けない。いよいよとなったら、寿命を受け入れる。抗がん剤治療はやめて、あとは自然の成り行きに任せようということでした。

これ以上、手術や抗がん剤といった治療を受けても、入院する期間が長くなるだけなのではないか。1カ月入院した後でしたので、私も家族も、ゆっくり話をしたり、わずかな時間でも顔を合わせたりと、家でなら当たり前にできることが、入院すると難しくなることは身にしみて分かっていました。

「これから後は、仏神にお任せしよう」と、心の底から穏やかな気持ちになっています。一度は死を覚悟し、その後、もう少し頑張ってみようと気力を振り絞って生きてきましたが、今度こそ、あの世へ還《かえ》る本格的な準備が必要になってきたようです。きちんと後始末をしていこうと決心しました。

告別式のあいさつを録画

11月末になると、体力が一気に落ち、「いよいよ死期が近づいてきたな」と感じられるようになりました。気力だけはなんとか保たせて、完全に寝込むことなく毎日を送っています。

早くて3カ月、長くもっても余命1年と言われた2008年の診断から、5カ月、半年、1年、そして1年と2カ月が過ぎていました。予測通りと言われればその通り、少しでも生き長らえたと言ってもその通りです。がんが小さくなったものの、さらに無理を重ねてしまったり、副作用がしんどくても抗がん剤の投与を続けたりしたため、体力をとことん消耗させてしまったのでしょう。

余命1年あまり。多くのことを学び、発見できた感謝の1年を送ることができたうえで迎えようとしている死。今までよく生かしてくださったものだと感謝しています。クリニックの仕事、講演会などで、本当に充実した時間を持たせていただけました。

家族にはいろいろと気をもませてきたと思います。よくぞ一緒にここまで来てくれたものです。

私は気力を振り絞って、遺言と告別式のあいさつ文を作成し、私があいさつ文を読むところを娘婿に録画してもらいました。そしてお気に入りの写真を何点か選び、家族みんなで遺影を決めました。

こうして告別式の準備ができてしまうと、ますます気持ちが落ち着いていきました。家族は、私の死を受け入れてくれているようです。「いつも明るいお父さんでいてくれるから、私たちも楽しく過ごせている。ありがとう」と言ってくれます。

残された毎日の中で、家族と暮らしながら、死を受け入れることは、現代ではなかなか難しくなっているだけに、なんとありがたいことかと思います。

妻はこれから未亡人になります。一抹の寂しさを言いますが、残された大家族のために頑張らなければと前向きに考えてくれているようです。ときどき、「私はどのようになって死ぬのかしら？」などとつぶやいています。彼女も、穏やかに、できるだけ家族に迷惑をかけないあの世への旅立ちを願っているようです。

私はもう、いつお迎えが来てもいい心境です。

ますます確信した、霊的人生観

こうしてみると、今回のがんは、仏神から私への、今回の人生最後のプレゼントだったのかもしれないとさえ思います。なぜなら、がんになってから気づいたことの多さに、感謝が増すばかりだからです。

仕事の仕方ひとつとっても、ずいぶんと変わりました。クリニックで仕事をしていますと、多くの患者さんの人生とお付き合いすることになりますが、病を得てからのお付き合いの仕方は、明らかに変わったのです。

それまでは、どちらかというと勤務医時代の名残もあり、患者さん自身のことより、「病気」を見つめていたところがありました。しかし、この1年余の間に、患者さんが本当に幸せになるにはどうすればいいか、何か手立てはないものかと、今までにも増して真剣に考えるようになりました。

たとえば末期がんの患者さんの場合、在宅介護で痛みはモルヒネでコントロールするという選択肢を、早くから本人やご家族と相談するといった具合です。そして、在宅だけに、治療だけでなく、生活面でも満足できる過ごし方を話し合いました。

「抗がん剤がつらいんです」と訴える患者さんの思いは、察してあまりあります。「おお、そうか、そうか。でも、大丈夫ですよ」と、思わず抱きしめたくなるほどです。

「同苦同悲《どうくどうひ》」という言葉がありますが、その意味が、ますます心に染み入ってくるのです。人の苦しみや悲しみを、自分のこととして感じ取り、向き合う姿勢のことです。医師の本来の使命は、肉体のみならず、患者さんの心をも救っていくことなのだと痛感いたしました。

そして何といっても、がんになって霊的人生観をますます確信できたことが、ありがたいのです。

医師だから自分の死に際しても冷静に対処できるかといえば、必ずしもそうではありません。唯物的な価値観で生きてきた人が、死への恐怖に慄《おのの》くのは、医師でも患者さんでも同じでしょう。

人生の苦しみは「生《しょう》・老《ろう》・病《びょう》・死《し》」をはじめとした「四苦八苦」であり、誰もがこの苦しみを避けては通れませんが、ひとたび霊的に正しい世界観や生き方を知ったならば、それらの苦しみから脱却することができると学んでいます。

まさに私は、この世とあの世が連動した人生観を学んでいたからこそ、慌《あわ》てもせず、苦し紛れに心が暴走することもなく過ごすことができているのだと思います。

自分でできる努力はしながらも、病気が治るか治らないかには執着せず、すべて仏神にお任せする気持ちになれたことで、ますます心は穏やかで平安に満ちています。そして、家族に、周りのすべての人々に、そして仏神に対する感謝の気持ちが湧《わ》いてやみません。

この、感謝の気持ちに満たされて生きることの素晴らしさといったら！命が、いつ尽きようとも、不安はありません。私に与えられた時間がある限り、あの世に逝く寸前まで、病気になって体験したことを交えながら、医師の立場から、より多くの方々に霊的な人生観を持っていただき、死を忌《い》み嫌う日本人特有の風潮を和らげ、幸せな終末期を送るお手伝いをしたいと願ってやまないのです。

第6章

幸せに大往生するには

幸福感に満たされて旅立つ3つのコツ

これまで、がんが発病してから1年余り経過して、今に至る経緯を述べてまいりました。

最後に、終末医療の専門医として、がん告知をしてきた私自身が末期がんになって、死を目前にした今こそ、皆さまに改めてお伝えしたいことをまとめてみました。

がんになっても絶望しないコツに関しては、本書の各所で触れてきましたが、さらに、自分はどんな臨終を迎えたいかを、今一度イメージしてみることをお勧めしたいのです。がんになった方もそうでない方も、同じです。ともすると、まるで死など訪れないかのように、死を話題にしたがらない風潮がありますが、どんな人にも等しく死は訪れるのですから、こうしたことを考えることも、いいチャンスではないでしょうか。

その際に、ぜひ、死を恐れないでいただきたいのです。そして、深い安心感と感謝に包まれた幸福な状態で、あの世に旅立てることを知ってください。どんな状況にあろうとも心の平安を得ることの大切さが、しみじみと今の私の胸に迫ってくるからです。

では、どうすれば、がんだからと自暴自棄になったり絶望したりすることなく、幸福感に満たされ大往生ができるのでしょうか。私なりに学んできたことから、おもに３つのコツをご紹介しましょう。

これらの「考え方」は、患者さんだけでなく、患者さんの心に寄り添いながら介護しているご家族、医療者の方々にも、きっとお役に立つのではないかと思います。繰り返した内容も多少含まれますが、ご容赦ください。

一、「あの世はある」と信じ、死を受け入れましょう

まず、「あの世の存在を知る」ことが、幸せに大往生するための第一歩です。

死とは、この世からあの世への移行にすぎないと知ってください。肉体はこの世で生きるための乗り物であり、魂がこの乗り物から抜け出て元いた世界に還《かえ》るにすぎません。

臨終の際には、あの世からの導きの霊（お迎え）が来ます。その霊に導かれて、この世からあの世へ移るのです。

死は永遠の別れではないのだと知り、死を受け入れ、幸せに大往生することが、あの世での幸せに直結すると知れば、死の不安や恐怖から解放され、何ともいえない安心感や安堵感《あんどかん》が得られるでしょう。

私にも死期が迫っていますが、もとより死への恐怖心はありませ

ん。あえて言えば、死ぬ前の肉体的苦痛への恐れはあります。しかし、これは、すでにお伝えしている通り、モルヒネなどで緩和できますから、医師である娘婿《むすめむこ》たちに適切にコントロールしてもらうように頼んでありますので、まず大丈夫だろうと思います。

今、この世への執着が減っていくのを実感しながら、あの世から誰が迎えに来るのだろうかと思い描いています。三途《さんず》の川を無事に楽しく渡ることはできるだろうか、などとも考えます。先にあの世に逝った、愛する両親をはじめとして、たくさんの懐かしい人との再会は圧巻ではないかと思います。

あの世に逝くということは、この世での日常生活の延長線上にあるのだと、最近強く思うようになりました。赤ちゃんが生まれて、やがてこの世の生活に慣れていくように、死ぬということも自然の流れの中で起きる現象だと思います。私も、あの世への旅立ちをし、そしてあの世での生活に順応していくでしょう。そして、あの世でもまた新たな使命があるでしょうから、できるだけ早くお役に立てるようになりたいと、あの世に逝く前から願っているほどです。

何度も繰り返しになりますが、死後の世界があると信じて、生前に素晴らしい生き方をした人は、死後にも素晴らしい生活が待っているのです。こうした霊的な人生観を心のよりどころにしていると、どんな苦難や困難をも乗り越えることができ、そのプロセスでつかんだ魂の糧にこそ、幸せがあることを実感できます。

霊界の様子、霊人《れいじん》たちの暮らし、また、転生輪廻《てんしょうりんね》の真実など、ここではご紹介し尽くせないあの世の事実を、もっともっと知っていただきたいと思っています。

ポイント

- あの世は存在します。そして魂が住むあの世こそ、真実の世界です。
- この世は仮の世、魂が修行をするための場です。
- 死とは、肉体から魂が抜けて、元いた世界(あの世)に還ることです。

二、心残りを減らし、心の垢を落としましょう

幸せに往生するための二番目のコツは、心残りを減らしていくことです。

「まだ死にたくない」「後に残す子供のことが心配でたまらない」「私がいなければ、会社は立ち行かない」「あれもしておけばよかった、これも」。こうした気持ちが心の中に渦巻いている限り、平安は訪れ

ません。いつお迎えが来ても大丈夫なように心残りをなくすにつれ、人は旅立ちに向けて、穏やかな気持ちになれるのです。

今まで、たくさんの患者さんと接してきた中で、心構えができた方ほど、結果的には長生きなさっているように感じています。


そこでまず、目に見える部分で、身辺整理をしておきましょう。財産や家財の管理、事業の経営、後継者問題なども心配でしょう。さらに、葬式や通夜の準備、遺言の作成など、いろいろと懸念事項は出てくるものです。それを一つずつ、できる範囲で処理していくことです。私も整理を済ませたところです。

私の患者さんの中には、もう長くないと覚悟を決め、経営していた会社をたたみ、残された家族や社員などが困らないように、退職金と家族の生活費を用意し、亡くなった社長さんもいました。

そして、心残りをなくすために、ぜひお勧めなのが、心の整理、すなわち「反省」です。

たとえば、幼い頃、小学校、中学校、高等学校の頃、青年時代あるいは中年時代を振り返り、いろいろな方とのかかわりの中で、本当は自分はどうすればよかったのかを考えます。恨みやつらみ、憎しみにまみれて争いごとをしなかったか、もう少し、相手に対して優しく思いやりある態度で接することはできなかったかと、思い返してみるのです。

謝っておくべき友人・知人がいたら、ぜひ謝っておきましょう。さまざまな人間関係の軋轢《あつれき》から生じた誤解や行き違いなどがあった場合は、できればお互い、この世に生きているうちに和解しておきたいものです。謝らなければならない人には直接会うか、電話や手紙などで気持ちをお伝えしましょう。それが不可能な場合は、心の中で謝ってみてください。

今までの人間関係を反省すると、「自分は至らなかった」「もうちょっと、こうしてあげればよかった」……と、いろいろなことが思い出されます。それらを単なる後悔に留《とど》めず、相手への感謝に変えていくことで、幸福感は増していきます。

「心の貸借対照表」と、言葉の反省

反省といわれても、何を反省すればいいのか、分からない場合もあるでしょう。そのような時は、「心の貸借対照表」を作ってみることをお勧めします。

貸借対照表とは、企業が財政状況をひと目で分かるようにした一覧表のこと。普通、左の欄に資産、右の欄に負債を書き出し、バランスを見るものです。これを心の点検に応用するのです。

これまでの人生で出会った方々、両親、夫や妻、子供、親友、親戚、同僚、上司、ご近所の方、そうした方々に、自分はどんなことをしてさしあげたかを左の欄に、自分はどんなことをしてもらったかを、右の欄に一人ずつ顔を思い浮かべながら書いていきます。

すると、人からしてもらったことは次々と思い出しますが、自分がしてあげたことはなかなか思い出せないことに気がつきますので、借りがあると分かった方に対しては感謝し、至らなかった自分を反省します。

私の場合も、妻のことを考えますと、毎日の食事から洗濯、掃除など身の回りのことを数えるだけでも、してもらったことは山ほど思い出されます。逆に、私が妻にしてあげたことは数えるほどです。「自分はしてもらいっぱなしの人生だったのだ。このままお返しをせずにあの世に旅立つのでは申しわけない」と思いました。出会った方々に対しても、残された時間に少しでも多くのお返しをしていこうという気持ちになります。

心の貸借対照表作りは、心残りなくあの世に旅立つためだけでなく、心のストレスをコントロールしていくうえでも、お勧めの方法です。

また、比較的簡単にできるのが「言葉の反省」です。たとえば小さい頃、ひどい言葉を吐《は》いてお母さんを傷つけたことはなかったか、お父さんに対してはどうだったか、兄弟には……? あるいは妻や夫、子供に対して、どんな言葉を放ってきたかを思い出すのです。もう少し優しい言葉をかければよかった、こんな言い方ができたはずだなどと見直すだけでも、反省の材料になります。

反省は、非常に奥が深く、自分が何に執着していたかが、あぶりだされます。

私は、がんで余命1年と予想された時、肩書など社会では名誉とされるものが、心の中でベリベリと剥《は》がれ落ちていくのを感じました。「そんなものは、どうでもいい」という気持ちです。それよりも、余命をどう有意義に生きるのかが関心を占めました。

肩書や社会的地位などは、あの世に持って還れません。これらがレッテルのように自分に貼り付いていると、その執着から、あの世にスムーズに逝きにくくなってしまいます。この、執着を取り去るのに、反省は欠かせないのです。

人は亡くなると、生前の心境に合ったあの世の世界に還るわけですから、こうした反省を進めて心の垢《あか》を落として、少しでも極楽に近づけるようにしておきたいものです。また、それが治療の後押しにもなるのです。

「善因善果・悪因悪果」は、あの世も含めた話

ところで、反省が必要な理由として、心の世界には、厳然とした法則性があるからだということをご存じでしょうか？

聖書に「播《ま》いた種は刈らなければならない」という一節がありま す。含蓄がある言葉です。自分が播いた種には、よい種もあれば悪い種もある。悪い種を播いたら悪い実ができ、その実を自分で刈り取らねばならない。よい種を播けばよい実ができ、そのよい実を刈り取ることができる。つまり、よい実がなるか悪い実がなるかは、自分が播いた種で決まるのですよという意味です。

仏教でも、全く同じことを言っております。「善因善果・悪因悪果」です。善いことをすれば善いことが起き、悪いことをしたら悪いことが起きるという、因果の理法です。

これらはこの世に限らず、あの世も含めた法則なのです。そうでないと辻褄《つじつま》が合いません。たとえば、この世で悪いことばかりして、うまい汁を吸い、コロッと死んだ人がいたとします。「あの人は、騙《だま》すわ、あこぎに金儲《かねもう》けするわで嫌われとったが、自分だけええ思いして逝ったなんて、理不尽や」と言われるでしょうが、その人は、亡くなった後、地獄でとても苦しんでいるはずです。

つまり、この世でいくら栄華を極めたとしても、悪い種を播いたのだったら、あの世でもそれなりの結果を避けられないということです。「播いた種は刈らなければならない」「善因善果・悪因悪果」とは、言い換えれば、あの世でもまっとうに生きたかったら、常によいことをしておくことをお勧めしているわけです。なんとダイナミックな成功法則でしょうか。

反省によって心の垢を落とせると、本当に穏やかで安らかな気持ちになってきます。

私が診《み》ていた70歳過ぎの患者さんの例をお話ししましょう。

彼女は、比較的明るく朗らかな人でしたが、死期が近づくにつれ、表情が暗く重くなっていったのです。「どうなさったんですか？」と聞きますと、「実は私の一人娘と、絶縁状態になっているんです」と答えます。「何か事情があったんですか？」とさらに聞きますと、「些細《ささい》なことから、私が娘を傷つけてしまって。その時から絶縁状態になっているのですが、それが心残りなんです」と言います。そこで、看護師さんが、彼女の娘さんの居所を調べて電話をしたのです。

娘さんは、ほどなくして病院に来ました。何十年ぶりかの母子再会です。娘さんが帰った夕方に、彼女を訪問しますと、すっかりにこやかな表情に変わっているではありませんか。

「いかがでした？」と聞いたら、「娘と仲直りができました。私が間違っていたと娘に伝えたら、娘はそのことを受け入れてくれただけでなく、『お母さん、私も間違っていました』と心から謝ってくれたんです。二人で手に手をとって泣くことができて、心の重荷が全部取れました。私はこれで、幸せに死んでいくことができます」と言って、ニコニコしています。彼女は、長年の苦しみから解放されたのでしょう。その3日後に、穏やかな笑みを残して亡くなりました。

人生の目標は、幸せになることです

こうしてみると、自分は、反省したものの、大往生して極楽に入れるのだろうかと、ますます興味が湧《わ》いてきますね。反省が進んでいるかどうかを測る目安として、次のような思いの点検もお勧めです。

まず、いつも「明るさ」や「優しさ」「思いやり」「勇気」などを心がけている場合は、極楽に入る門は近いと言えるでしょう。反対に、「恨み」や「つらみ」「憎しみ」に「愚痴」「不平不満」などの思いを積み重ねると、地獄に入る門に近くなるわけです。

となれば、自分は地獄に行きやすいのか、極楽に行きやすいのかを、よくよく見直して、地獄的な思いはできるだけ消し、極楽に親和性のある思いを増やせるように心がけ、残された時間を過ごすのです。

元気な方にも、反省は効果的です。たとえば、「自分は今日、家族に、あるいは誰かに対して、いやなことを言わなかったかどうか。思いやりのある言葉を発せたかどうか」を常に点検しておくことは、とても大事です。

「心が洗われる」という言葉があるように、できれば毎日洗うほうが心はピカピカになります。服を1週間、1カ月、1年間、洗わずに使い続けたら、汚れが落ちなくなるのと同じで、心も、いろいろな間違った考えが染み付いてしまうと、その汚れはなかなか取れません。

毎日、「ここでもう少し優しくしておけばよかったな」とか「思いやりのある言葉がけができたかな」と反省すると、毎日心を洗っているのと同じことになります。すると、幸せをジワッと実感できるようになるのです。

幸せを実感できると、周りの人に対して、感謝の言葉が出てくるわけです。このあたりはとても大切なことです。こうした繰り返しによって、「自分は幸せだ。本当にいい人生を送っている」と、人生を肯定し、ますます感謝に包まれるようになるのです。

ポイント

- 身辺整理をしましょう。財産、事業経営、後継者問題などの処理、通夜・告別式、遺言などの用意もお勧めです。
- 心の整理をしましょう。謝るべき人がいれば謝り、和解しておきましょう。直接会えない人でも、心の中で謝りましょう。

三、毎日、感謝を心がけましょう

「ありがとう」という感謝の気持ちが湧いた時ほど、心から幸せを感じる時もありません。

病気になりますと、わが身の苦しさばかりを見つめがちです。この病気は治るのか、悪くなるのかということや、また、痛みやつらさで、不幸のどん底に突き落とされた気持ちになるものです。しかし、こんな時にこそ、自分以外の人のことを思いやり、感謝してみてください。とても落ち着いてきて、何ともいえない幸福感を感じることでしょう。

感謝にもいろいろあります。今まで当たり前だと思っていた存在にも、感謝できます。空気や水はもちろん、電気を使えることも、ありがたいことです。舗装道路ひとつとっても、快適なドライブができてありがたいですね。妻や夫がいて、助け合えることもありがたい。そして、そもそも自分という存在が、命を与えてもらって生かされてきたことの、なんとありがたいことでしょうか。

慣れていないと、感謝すること自体をうっかり忘れがちです。そこでお勧めしたいのが、感謝を習慣づけてしまうことです。

朝、起きた時に、「今日も感謝の一日だ」と思い起こし、夜寝る前に一日を振り返って、出会った人々一人一人に対して感謝するように習慣化するのです。

感謝が習慣づいてくると、謙虚になります。謙虚になると、さらに感謝することが増えてきて、善なる念《おも》いが循環し始めます。こんな私なのに多くの支援をいただいてありがたいと、どんどんお返しをしたくなります。何かをしてもらうことばかり訴えていますと、ストレスは溜まる一方で、病気の原因を作り続けることになり、幸せから遠ざかっていきますが、こうした善き思いを持ち続けることが、病気の原因であるストレスを減らすことにもなるのです。

感謝を習慣づけるのにお勧めなのは、「和顔愛語《わげんあいご》」です。優しくニコニコした表情、優しい愛のある言葉がけを心がけるのです。この和顔愛語ができているお年寄りに、私はとても魅力を感じます。人生の最期を明るく生きることができるとは、なんと素晴らしいことでしょうか。しかも、この明るさは、努力すれば誰でも身に付《つ》けることができきます。

いつも笑顔で生活しましょう。愚痴や不平不満を言うのではなく、「ありがとうございます」と、感謝の言葉を述べるように心がけたいですね。和顔愛語の実践は、看護してくれている周りの人たちの心も癒《いや》し、温かくできます。幸せを自分も周りの人も実感できる素晴らしい環境が、そこに出現するのです。

この明るく生きることの大切さを思う時、ある患者さんとの出会いが思い出されます。

2008年末のことです。その患者さんは60歳のご婦人で、すい臓がんに罹《かか》っていました。彼女はご主人に付き添われて、「抗がん剤で食欲をなくして、体力が落ちてしまっているので、何かよい方法はないか」という医療相談をして来られたのです。「すでに埋め込み式のポートという器具が手術で取り付けられているので、そこから高カロリーの輸液をすることで元気が回復しますよ」と、説明しました。話の最中、奥さまはずっと涙を流しっぱなしでした。私は、ゆっくりと心を落ち着かせるようにさり気なく促しながら、こうお伝えしました。

「同じ人生を送るにしても、悔やみっぱなしで送るのか、いくらかでも明るさを身に付《つ》けるのか……。いずれを選ぶかはあなたの自由ですが、これから少しでも幸せを感じることができるようになるには、明るさを大事にすることですよ。ご主人に思いやりのある言葉がけをしてあげたり、笑顔でご主人に接することで、家庭の中が明るくなります。あなたが明るくなることで、ご主人も安心して仕事に励むことができますよ」

さらに、病状はそれなりに厳しくなると思い、死生観もお伝えしました。

「死んだら人生が終わりということはないんですよ。あの世があることを、まず信じてください。少しずつでもいいから、あの世のことを学んでみましょう。そうしたら、残された時間の使い方も違ってきますよ」とお話ししますと、奥さまも心なしか元気が出てきた様子です。「先生、主人と一緒に勉強してみます。先生のお話を聞いていると、元気が出てきますので、また来させてください」と言われました。

年が明けて、2009年の1月、そろそろお正月気分も薄まった頃に、再び彼女は来院しました。待合室で取り次いだ看護師さんは、びっくりした様子で私に「先生、あの方がニコニコして笑顔で来られていますよ」と伝えに来ました。

その後の経過を尋ねますと、体重も少し増え、元気が出てきたとのことです。気持ちもいくらかは明るさを取り戻せたようでした。医療相談中の私の話を聞いている時の彼女の表情は明るく、前回とはがらりと印象が変わっていました。

それから1カ月後、ご主人から手紙をいただきました。奥さまが他界したという知らせです。ご主人は私の病気のことを誰かから聞いたのでしょう。「先生も、大変な状況であるにもかかわらず、妻に明るく接してくださったおかげで、短い期間ではありましたが、妻が笑顔を取り戻すことができましたことに感謝しております。あの世のお話をしてくださったことで、妻が亡くなった後の私の心も癒されていきます。これからも、仕事に励むことができそうです。本当にありがとうございました」という内容でした。

愛する妻を失い絶望感に浸るのか、霊的世界の真実を知り希望を持って生きるのかでは、人生は全く変わります。霊的人生観を知る、そして明るく笑顔で感謝に生きる――。この2つで、最後のひと月は、きっと夫婦お二人にとって幸せを実感された日々になったのではないかと思います。あの世に先に旅立たれた奥さまと、この世での人生をさらに歩み続けるご主人。あの世とこの世の両方で、お二人とも幸せな未来を生きてほしい――。そう、心より祈らせていただきました。

患者さんもその家族も、また看護や介護をする医療従事者も、そして今健康で生きている老若男女すべての方々にも、今までご説明した3つのコツを日頃から実践することで、幸せな大往生を目指して、安心感と感謝に包まれた人生を歩んでいただきたいと切に願っております。

ポイント

- 朝晩、鏡に向かって笑顔の練習をしてみます。
- どんなことにも感謝の種を発見しましょう。
- 「ありがとう」を口癖にしましょう。家族や介護をしてくださる方に、感謝の言葉を投げかけましょう。

おわりに

まさかの発病ではありましたが、がんになったおかげで、私は改めて患者さんの立場に立ち、たくさんのことを新たに発見し、学ぶことができました。

長年、終末医療に携わってきて、同じ病気になっても、幸せに過ごす人と、そうでない人がいるのだなぁと、痛感することがよくありました。しかし、幸せに過ごすための最大の秘訣《ひけつ》は、本書でも述べましたように、「死んだ後も、魂はあの世で生き続け、今回の人生での学びを次に生かせる」という、霊的な人生観を知ることだと実感しています。

私は幸福の科学に出会い、大川隆法先生のご著書に出会い、信仰に導かれて以来今日まで、この霊的人生観に基づき幸福感で満たされ生きてまいりました。病になっても、自暴自棄になることなく、落ち着いた日々を送ってこられたことに、改めて感謝が尽きません。
いよいよ私も、あの世への旅立ちに向けて準備万端、整えております。これまで皆さんにお伝えした通りの逝き方で、私自身もニコニコと穏やかに笑って大往生したいと思います。

皆さんとも来世《らいせ》、来来世《らいらいせ》できっと再会できることを楽しみにしております。先に私が逝って、あの世で待っております。その時はまた歓談しましょう。

最後に最愛の妻よ、学生時代から40年余り、よきパートナーとして私を実によく支えてくれました。ありがとう。医師として夫として父として人生をまっとうできたのは、あなたのおかげです。本当にありがとう。

そして子供たちよ、孫たちよ。本当に私の人生を美しく楽しく彩ってくれました。私も多くのことを学ばせてもらいました。これからはお母さんを支えて、幸福な人生を歩んでください。
それでは束《つか》の間《ま》のお別れですが、あの世の世界に逝ってまいります。

2009年12月

朝日俊彦

2009年11月、孫といっしょに。

父に贈る

あの世でも活躍してくださいね、お父さん

西口園恵（筆者の長女、産婦人科医）

わが家は以前から、祖父母・両親・子供と三世代で暮らしていますが、大家族の暮らしは悲喜こもごもドラマの連続です。誰かが元気でも、誰かが病気になります。誰かが亡くなれば、新しい家族が生まれます。常ににぎやかなのです。

10年前、祖父母が存命中も、どちらかが病気になれば、家族交代で病院に通い、最期は自宅で看取《みと》りました。母は、当時大学生だった私を頼りにして、家事から介護まで二人でこなしたものです。代がわりして、父ががんに罹《かか》った今回も、やはり母と私が中心になって相談し、

やりくりをしていました。うろたえない私たちの姿は奇異に思われるかもしれませんが、生や死が、ごく自然に身近にあることは、大家族ならではと言えるでしょうし、朝日家の家風かもしれません。

私たちが働いているために、母は、6人の孫たちの世話のほとんどを担っています。こうした大家族ですと、家事もかなりの量になるため、母にとって、父の病に心を傷めたままではいられず、炊事・洗濯・掃除に追われていました。本当は気になってしかたがないのに、忙しさに気をまぎらわそうとしていたのではないかと思います。

また、そんな気丈な母が、一度だけ寂しさを見せたことがありました。父が書いている通り、「あの寝室に一人で寝ることになるのは、さすがに寂しいわ」ともらしたのです。わが家は、私たち夫婦が同居するために、数年前に新築し、両親は寝室を拡張したばかりでした。母が父の病名を聞いた時の「まさか」という顔は忘れられません。きっとこれから、夫婦二人で仲よくゆったり暮らしたかったのだろうなと思います。

2009年4月、私の娘の誕生は、家の中にさらに笑いと明るさをもたらしました。世間ではよく寿命を、「年が越せるだろうか」「桜が見られるだろうか」と季節の移ろいに託しますが、父は、「孫の顔が見られるだろうか」と私の娘の誕生に託しました。それは幸い実現し、出産日、たまたま抗がん剤の治療を受けるために同じ病院を訪れていた父が、私をいそいそと見舞いに来て、生まれたばかりの6番目の愛孫の顔に見入っていた姿が忘れられません。

その姿を見て、私は10年前に初孫の顔を見に来た時の元気な頃の父を思い出しました。出産日当日、岡山の病院にいた私のところへ、何の連絡もなく突然、父はひょっこり現れたのです。知らせを聞いて、仕事を終えて急いで高松からフェリーに乗って駆けつけて、「初孫の顔を見に来た」と言って、孫の顔をじっと見て、わずか20分であわただしく帰った父。どんなに忙しくても、時間の隙間を見つけて駆けつけてくれる。父らしいといえば父らしいです。

私の夫がクリニックの仕事を引き継いで、時間的余裕ができた父は、まだ首の据わらない孫をまめに抱っこしてくれました。たとえ抗がん剤でしんどくても、孫を笑わそうと一生懸命笑顔を作ります。父のスマイルは、私たちにも幸せなひとときをもたらしてくれました。

父のがん発病には、不思議な因縁を感じます。たとえば私の妊娠と父の発病のタイミングが重なったことです。２００８年8月末に私はつわりになり、それに合わせたかのように、９月末、父のがんが分かりました。気分が悪く、食が進まない点では、二人は同時進行でした。

かたやつわりのため、かたや抗がん剤の副作用のために食事が摂《と》れない親子。私はときどき、顔色のさえない父が目の前に座っているのを見て「つわりの私が、そこにもいる」と不思議な思いにかられました。ただ、二人の食べたいものは、なぜか一致したのです。「うどんなら、食べられそう」と私が言うと、父も「それなら、私も」と返しては、二人でうどんを食べたものです。

私の出産の際も、父が息を引き取る時も、「念ずれば通ず」を親子で実証するような形になりました。

私はどうしても金曜日に出産して、小学生になっている子供たちの月曜日の仕度をするために、日曜日に退院したかったのです。念《おも》いがお腹の中に届いたのか、陣痛が金曜日の未明に始まり、早朝に出産。日曜日には自宅に帰ることができました。

父は、２００９年12月初旬にこの本の原稿を書き終えると、徐々に弱っていきました。がんの勢いが強くなったようで、腹水が溜《た》まって食欲が低下し、下血が続いて貧血が進み、体を動かすことがしんどくなっていきました。一日のほとんどをベッドの上で過ごすようになり、台所に家族が集まるいつもの時間に、父が姿を見せることはなくなりました。

その代わり、意識がなくなるまでの間、寝室で私の夫や私と、穏やかで苦痛のないように過ごすための父自身に対する緩和医療について、話し合うようになっていきました。

そして父は、「可能ならクリニックに迷惑がかからないように、年末年始にお迎えが来るといいな」と私たちに話してくれていました。あさひクリニックは、診療に際し予約を受け付けていますので、父の葬儀のため休診にしますと、予約してくださっている方にスタッフ総出で連絡する必要があります。父はそれを気にしていたのです。

クリニックの仕事納めは12月29日でしたが、父は12月20日を過ぎた頃から意識がはっきりしなくなり、母の手厚い介護を受けながら、父自身の希望通り、12月30日未明に安らかな旅立ちとなりました。仕事はじめは1月4日でしたので、予約の方にご迷惑をおかけすることなくクリニックの診療を開始することができました。

発病して1年余、父と一緒にいることができる時間を多くとれたことは幸いでした。父が講演会でよく訴えていたこと――死ぬならがんがお勧めで、残された余命を心残りなく整理して旅立つことが大切であることを、自ら実証してくれました。

正直、私はごんなに早く父が天に還《かえ》る時が来るとは思いもよりませんでしたが、この世での穏やかなラストスパートを、ささやかですがお手伝いできたのではないかと思っています。

たとえ死を目前とした時でも、一貫して穏やかな父を支え続けてきたもの。それは父の信仰です。私は、父が、病室や寝室でお祈りや瞑想《めいそう》をする姿を見かけるたび、ああ、この信仰があるからこそ、こんなにも父は周りの人々や仏神《ぶっしん》に感謝を捧げ、前向きに力強く生きることができるのだとしみじみ思いました。信仰者としての父の姿が、この世での父の最後の映像として輝かんばかりに、私の心の中に刻まれています。

父親として私たちを育て、医師の先輩として温かく導き、祖父として孫たちを明るく世話し、そして最後に一信仰者としての姿を示してくれた、最高に優しい父。

お父さん、ありがとう。本当にお疲れさまでした。あの世でもゆっくり休んで、また活躍することを祈っています。そうそう、まだ先のことになると思いますが、私がそちらの世界に逝く時は、ぜひ迎えに来てくださいね。

２０１０年１月　父の葬儀を終えて

朝日俊彦（あさひ・としひこ）

1946年香川県高松市生まれ。医学博士。1972年岡山大学医学部卒業後、岡山大学医学部講師、香川県立中央病院泌尿器科主任部長を経て、あさひクリニック開院。日本ホスピス・在宅ケア研究会副理事長、かがわ尊厳死を考える会会長を務める。NHKテレビ「こころの時代」出演をはじめ、全国での講演会など、スピリチュアルケアや終末医療についての認識を広める活動を行った。著書に『"死ぬ"までに、やっておきなさい』（主婦と生活社）、『笑って大往生』（洋泉社）、『あなたは笑って大往生できますか』（慧文社）、『これで、がんが怖くなくなった。』（共著、幸福の科学出版）ほかがある。2009年12月30日帰天。

がんの幸せな受け入れ方

2010年 9月7日 初版第1刷
2010年10月7日 第2刷

著　者　朝日 俊彦
発行者　九鬼 一
発行所　幸福の科学出版株式会社
〒142-0041 東京都品川区戸越1丁目6番7号
TEL (03) 6384 - 3777 (代)
http://www.irhpress.co.jp/

印刷・製本　中央精版印刷株式会社

落丁・乱丁本はおとりかえいたします。

ISBN 978-4-86395-067-2 C0095

参考文献

『永遠の生命の世界』
『霊界散歩』
『悟りに到る道』
『超・絶対健康法』
『霊的世界のほんとうの話。』（以上、大川隆法著　幸福の科学出版）

カバーイラスト　北谷しげひさ
装丁　　ワイアクシス株式会社

創造の法
常識を破壊し、新時代を拓く

大川隆法 著

これからの時代、過去の延長上に未来は築けない。本書は、アイデアを生む秘訣、未来を拓く逆発想など、クリエイティブに生きる方法論を惜しみなく開示する。新文明の旗手となるべく、誇り高き奇人・変人を目指せ！

定価1,890円
（本体1,800円）

復活の法
未来を、この手に

大川隆法 著

「健康の秘訣」から「天国へ還る方法」まで、スピリチュアルな視点から見た心と体の健康生活ガイド。第2章には、人生八十年時代を生き抜く智慧を満載した「老いと病、健康について」を収録。かけがえのない人生が復活します。

定価1,890円
（本体1,800円）

霊的世界のほんとうの話。
スピリチュアル幸福生活

大川隆法 著

「目に見えない霊的世界に関する素朴な疑問」に答える、スピリチュアル・ガイドブック。あなたを見守る守護霊、仏や神の存在などの秘密がまるわかり！　人生の意味がわかり、毎日を幸福に誘う一冊。

定価1,470円
（本体1,400円）

永遠の生命の世界
人は死んだらどうなるか

大川隆法 著

死後の世界とはどのようなところか？　脳死はほんとうに人の死なのか？　先祖供養はどうすべきか？「死の疑問」にすべて答える一冊。本書で説かれる霊的真実があなたの常識を根本からくつがえします。

定価1,575円
（本体1,500円）